The little bird flew away into the sky
to another on christmas eve.

その鳥は聖夜の前に

片山恭一

文芸社

その鳥は聖夜の前に

装幀　吉原敏文

まえがき

去年の暮れに父を亡くした。できれば新しい春をともに迎え、もう一度桜を見たかったけれど、それはかなわなかった。

年が明けて何日かしたころ、用があって久しぶりに外出した。歩いて最寄りの駅へ向かいながら、ふと一羽の鳥がついてきているのに気づいた。鶯くらいの小さな鳥だ。庭木や塀伝いに飛び渡りながら、つかず離れずにあとをついてくる。五十メートルほどは歩いただろうか。

「お父さん？」

そうとしか思えない。亡くなった父が鳥に姿を変えて、あるいは父の魂を鳥が宿して私に会いにきたのだ。

「お父さんだね」

鳥は答えずに、いつのまにか離れていった。来たことがわかれば、それでよかったのかもしれない。一月の朝の清浄な空気のなかでは、そんな出会いと別れが、真実のものに感じられた。

三月半ば、大和路を歩いた。東大寺のお水取りも終わるころで、好天にも恵まれ、春の日差しは暖かかった。長閑な山里の景色に包まれながら、久しぶりに心が伸びやかに広がっていくのを感じていた。

　大和平野の東側、三輪山の山裾を縫って南北に延びる道は「山の辺の道」と呼ばれる。石上《いそのかみ》神宮を出発点として、仏教伝来の地である海柘榴市《つばいち》まで、約十一キロの行程である。最古の部類に入る前方後円墳がこんもりとした山をなし、悠久の昔から在りつづけた神社や寺が、いまも当時の面影のままに在りつづける。廃仏毀釈で廃寺となったところも、寺跡として、やはり在りつづけている。歴史が幾層にも積み重なった場所で、人々は畑を焼き、作物を育て、暮しを営んでいる。この風景は、万葉の時代から、それほど変わっていないのだろう。

　いい気分で写真を撮りながら歩いていった。晴天に映えるピンクの鮮やかな梅の花や、民家の垣根からさり気なく白い花をこぼしている馬酔木《あしび》……カメラは安物のデジタルだけれど、気分はすっかり入江泰吉《いりえたいきち》だ。日溜まりで数匹の猫がのんびり昼寝をしている。大和路の猫たちは、この世に危険や脅威が存在することを忘れてしまっているようだ。そんなことでいいのか、きみたち？　たぶん、いいのだろう。私も今日一日は、猫たちを見習って、思い切り無防備になることにしよう。

　竹林を渡る風はやさしく、どこからともなく甘い花の香りを運んでくる。低く剪定された柿の木は、芽吹きにはまだ少し早い。複雑に折れ曲がった枝を四方八方に伸ばしながら、雲一つない空の下に並んでいる様子は、さながらモダンなオブジェだ。

　道端に無人の店が出ている。里芋も大根もカボスも、どれも一盛り百円、一袋百円で無造作に置いてある。もちろん番をしている人などはいない。このあたりでは猫だけでなく、人まで無防備なようだ。いいなあ。私はお金を入れて、八朔を一袋買った。こんなポトラッチみたいなことが成り立つのは、ベーシックなところで人と人の信頼関係が損なわれずにあるからだろう。そうした信頼の基盤が、いまの日本では急速に失われつつある……といったことは、いまは考えないことにしよう。

はじめて訪れる場所なのに懐かしい。そんな感じを与えるところは、人々の暮らしが長く変わらずに営まれているところだ。いくら古い神社や仏閣であっても、時間の連続性が感じられないところに、私たちは懐かしい感じを抱くことはない。それは古い歴史資料みたいなものだ。時間は凍結され、切断されている。時間とは、ただ物理的に流れるものではないのだろう。人々の暮らしが一日一日と積み重なることによって、年々歳々の営みのなかから時間は生まれてくる。

たとえばいま、私が歩いている道にしても、人々の往来が数ヵ月も途絶えれば、たちまち草や木が生い茂り、道は消えてしまうだろう。アスファルトやコンクリートで道を固めてしまう以前は、とくにそうだったはずだ。人が歩くことによって道はできる。人が歩きつづけることによって道は保たれる。その道が千年の時を超えて在りつづけることの尊さを想う。連綿とつづく人々の営みに心を通わせるとき、私たちは思わず知らず、「懐かしい」という感じをおぼえるのではないだろうか。

道の各所に小さな歌碑がある。ほとんどが『古事記』や『万葉集』に収められている古い歌だ。柿本人麻呂の歌が多いのは、彼の妻か愛人がこのあたりに住んでいたからだという説があるらしい。まあ、千年以上も昔の人の恋路を詮索するのは慎むことにして、一つ歌を読んでみよう。

未通女《おとめ》らが袖布留山の瑞垣の久しき時ゆ思ひき我は（『万葉集』第四巻・五〇一）

おとめが袖を振る、その布留山の瑞々しい垣根が大昔からあるように、ずっとずっと前から久しいこと、あの人のことを思ってきた、この私は（伊藤博訳）。たしかに恋歌と解するのが一般的だし、また「相聞」という部立てからしても、間違いではないのだろう。

古代の「フリ」という語に注目したのは折口信夫《おりくちしのぶ》だった。それによると、「フリ」は死者の魂を呼び起こし、招き寄せてわが身に固着させることをいう。これが「振る」という動詞になった。つまり「身振り」などに通じる語で、もともとは真似をするという意味だから、きっと魂が宙空を浮遊する様子をあらわす動作をしていたのだろう。そうやって巫女たちは、亡くなった権力者などの霊を招き寄せ、自らに憑依させる、一種の神事を行っていたのではないだろうか。神事の執り行われる場所が、「ふるやま」と呼ばれるようになった。すると先の人麻呂の歌は、魂振《たまふ》りや鎮魂といった古代の儀式を讃えた、叙事詩的なニュアンスをもつ歌と解すべきかもしれない。

もちろん素人のいい加減な想像として、話し半分に聞いていただきたいのだが、さらに空想をたくましくすれば、「ふるさと」とは、古来魂振りや鎮魂がさかんに行われていた場所、すなわち死者の魂が招き寄せられ、帰ってきていた場所をいうのではないだろうか。それが「ふるさと」という懐かしい響きをもつ言葉として、今日まで伝わっているのではないか。古墳が多く残っているのも、このあたりが死者の霊が帰ってくる場所、死者の魂が安らぐのにふさわしい場所と考えられていたからだろう……などといったことを、昔の人たちが往来し、歌をよんだ場所を歩きながら想った。

この世のことだけを考えるのであれば、人間は言葉を必要としなかったかもしれない。この世を超えたつながりを感じたから、つながりを確かなものにするために、人々は言葉を生み出し、磨き上げてきたのではないだろうか。

あの世があるのかないのか、私にはわからない。魂についても、はっきりしたことを言う自信はない。ただこんなところで、亡くなった父の魂が安らぎを得て、のんびりしていてくれればいいと思った。

1

父が亡くなって三ヵ月が経った。しかし父の死に、まだ慣れることができない。もちろん毎日悲嘆に暮れているわけではない。悲しみや沈痛な思いは、日を追って薄らいでいく。普段は、父のことも、父の死のことも、忘れて過ごしていることが多い。でもふと、「もう父はいないんだなあ」と思って不思議な気持ちになる。

はじめてのことに、そんな思いを伴うことが多い。たとえば数日間の旅行に出かける。父が生きているあいだは、世話をするのが年老いた母一人になるため、いくらか留守中の手はずをととのえたりもしたが、いまはもうその必要もない。そんなときに、「父が亡くなってからはじめての旅行なんだなあ」と思う。

父が生きているころにも聴いていたCDを、父が亡くなってからはじめて聴くときも、なんとなくおかしな気持ちになる。同じ音楽を、父がいない世界ではじめて聴くことに、奇妙な感慨がまとわりつくものらしい。これはどういうことなんだろうと、考えはじめればきりもない。

父が亡くなる直前まで読んでいた本で、読みかけのものが何冊かあるけれど、これらはいまだに、つづきを読む気になれない。死が迫ってきているときの、重苦しい気分が甦ってくることを厭うせいかもしれない。

とはいえ、それらはみんな束の間に過ぎていく淡い感情だ。いくら一人きりで自分を抑制するものがないときでも、とめどもなく溢れてくる思いに浸るといったことはない。ただ父が亡くなってから、時間は薄く翳りを帯びたものになった気がする。これは「喪」に特有の一時的なものなのか、それとも時間の質そのものが変わってしまい、この翳りを帯びた時間が長く生の涯までつづくのかわからない。わかっているのは、いくら身近に感じることがあっても、父はもういないという単純な事実だ。この事実は単純であるからといって、簡単に諒解できるものではない。

考えてみれば、私が生まれたとき父はすでにいたわけで、父がこの世にいない時間というのは、一瞬一瞬がはじめての体験なのだ。これはちょっと大変なことだと思う。生まれたばかりの私が母親の傍らですやすや眠っていたころ、あとになって「この子は雪の多い日に生まれた」などという気障なキャプションをつけることになる庭の雪景色を、父は二眼レフのカメラでせっせと撮っていた。盥《たらい》で産湯をつかう私の写真を何枚も撮ったのも、肩車してくれたのも、釣りを教えてくれたのも、この世からいなくなってしまった一人の男なのだ。こんなふうに書いていると、不覚なことに、私は父が亡くなったいまになって、「父」という言葉を習いおぼえているような気分になってくる。

時間は非情なまでに潔い。人が死のうと生きようと、淡々と過ぎていく。そういう時間に運ばれて、こちらも淡々と毎日を送っている。父が亡くなったのは十二月二十四日で、ちょうど新年を跨ぐ時期だったので、方々から年始の挨拶をもらい、返事をするついでに父が亡くなったことを知らせた。折り返し何人かの中国の友人たちが、メールで「節哀順変」という言葉を贈ってくれた。彼の国ではごく一般的なお悔やみの言葉として使われるものらしい。悲しみを抑え、世事に順応していくという意味だろうか。まさにそんなふうにして、表面的には何も変わらずに、毎日は過ぎていく。しかし過ぎないものは、いつまで経っても過ぎない。

この「過ぎない」という感じは、うまく言葉で言い表すことができない。悲しいとか辛いとか寂しいとか、どのような感情にあてはめようとしても、少しずつ違ってしまう。一言で「こういう感じ」と言えない、淡いけれど深い感情が、「過ぎない」という感覚の元になっている気がする。時間は幾層にもなっていて、それは大きく分けると、過ぎていく時間と過ぎない時間というふうに言えるのかもしれない。二つの時間の間隙で、父を失ったという事実が、太陽の前をよぎる雲のように、束の間、私の生きている世界に翳りをもたらすのだ。

2

前にも、父のことを書いてみようと思ったことがある。「父の肖像」という仮のタイトルがつけられたノートが、いまも手元にある。はっきりしたプランがあったわけではない。いずれ書くことになるかもしれない作品の、準備ノートのようなつもりだったのだろう。

私の場合、小説の構想は、ノートをとりはじめることが起点になる。最初は漠然としたアイデアやタイトルなどを思いつくままに書きとめておく。半年、一年とほったらかして、そのあいだに別のノートをとりはじめることもある。だから進行中のノートを、常に何冊かは持っていることになる。二つのアイデアを一つにしたり、一つのアイデアを幾つかに分けたりしているうちに、作品の全体像がぼんやりと見えてくる。まとまりそうになったところで、集中して構想を練りはじめる。登場人物の名前を考え、プロフィールを設定し、ストーリーやプロットをつくっていく。

表紙に「父の肖像」と書かれたノートは、ほんの数ページで終わっている。本格的に書きはじめる段階にはほど遠く、作品のプランが簡単に記されているに過ぎない。ちょっと思いついたので、とりあえずノートだけ準備したという感じだ。表紙の日付は「二〇〇九年八月～」となっている。それとは別に、「介護日記」というノートも手元にある。こちらの日付は「二〇〇八年一〇月～」だ。いずれの「～」も、起点や出発点としては不発に終わったわけだが、二冊のノートから、当時の、おおよその事情は思い起こすことができる。

まず「二〇〇八年一〇月」という日付は、父が大腿骨を骨折して入院した時期にあたっている。手術をしたけれど、うまく接合することができず、結局、骨折した部位はそのままにして、専門のリハビリテーション病院で回復期のリハビリを受けることになる。以後、亡くなるまでの約四年間、父は家族や他人の介護を受けなければ生活できない状態になるのだが、そうした一連の出来事の端緒となった骨折の直後に、私は日記をつけはじめていることになる。いつかは当事者として引き受けなければならないと覚悟をしていた親の介護が、いよいよ現実の問題として立ち現れてきたことが直接の動機だろう。しかし日記は一週間ほどで途切れている。私は普段から、備忘録程度の簡単な日記をつけているので、それとは別に介護日記をつけるのは面倒であり、とくに必要もないと思ったのかもしれない。

二冊目のノートに見られる「二〇〇九年八月」という日付は、それから約一年後のものだ。この間に父は、三ヵ月の回復期リハビリを終えて自宅に戻る。本人と母の希望もあり、とりあえず在宅介護でやってみることにした。両親は福岡市内のマンションに二人で住んでいた。私の家からは車で五分ほどの距離だ。一日中、母が面倒をみるのは大変なので、介護保険の枠を最大限に使い、父には週に四日、通所リハビリとデイサービスに通ってもらうことにした。さらに私と妻が少し力を貸せば、これまでのように二人でやっていけるだろうと踏んだ。二〇〇九年二月ごろのことだ。

ところが同じ年の七月に、父は軽い脳梗塞を起こして入院することになる。この段階で私は、在宅で父を看ることは無理だと判断した。また一からリハビリをやり直さなければならないし、長年の飲酒と喫煙のせいで、きっと全身の血管が詰まりやすくなっているだろうから、将来も同じようなことがあるかもしれない。そのことを母に言い含めて、リハビリテーション病院を出たあと、父を入所させるための施設を探しはじめた。有料老人ホームなどは意に適うところがなかったので、幾つかの老人保健施設に入所の申し込みをして、とりあえず空きが出たところに入ることになった。最初の入所は二〇〇九年十月だった。途中で一度、別の施設へ移ったものの、以後の約三年間を、父は週末の外泊だけを楽しみに、郊外の老健施設で暮らすことになる。

私が「父の肖像」というノートをとりはじめたのは、父が脳梗塞で入院し、治療と急性期のリハビリを受けているころだ。このときの動機ははっきりしている。その旨を、ノートにも書き記している。つまり私は、父について自分が知らないことを、本人から聞いておこうと思ったのだ。何度聞いてもうまく理解できない複雑な生い立ちや、母と結婚する前や私が生まれる前に父がしてきたこと。私のなかで空白になっている部分を、この機会に埋めておこうと思い立ち、専用のノートまで用意したのだった。

これが最後のチャンスかもしれない。私の頭にあったのは認知症のことだった。私の祖母も、妻の両親も認知症だった。身近な実例には事欠かない。進行の速さと深刻さについては、一応わかっているつもりだった。つぎは父の番だと思った。早くはじめるんだ。さもないと、おまえの父親は急速に、取り返しがつかないまでに呆けてしまうぞ。幸か不幸か、父は最期まで呆けることがなかった。むしろ私たちが手を焼かされたのは、施設での集団生活や規律にうまく順応できない父の、ある意味、わがままで未熟な性格だった。最後の半年にかぎって言えば、嚥下機能の低下や動脈血栓など、つぎつぎに立ち現れてくる障害に、文字通り翻弄されつづけた観がある。

結局、ノートまで用意しておきながら、父から直接話を聞くことはほとんどなかった。機会を逸してしまったのだ。父の介護を通して、一緒に過ごす時間はたっぷりあったにもかかわらず、どうでもいいような話をして、いまとなっては貴重な数年間を過ごしてしまった。言い訳めいた言い方になるが、私のほうが気分的に追い詰められていた。あらたまって話を聞くだけの精神的な余裕が、こちらになかった。自分の親が衰えていく様子を、その世話をしながら見守るのは、やはり辛いことだ。そんな時間を、たわいのない話をすることで、なんとかやり繰りしていたのだと思う。

さらに意識下で、私は遠からずやってくる父の死から目を逸らそうとしていたのかもしれない。話を聞くことは、相手と対面することだ。それは父の死と対面することでもある。父のなかに死の影を認め、残された時間を勘定することである。私は父と同じ方向を向いていたかった。いつか避けられないことはわかっていても、それを予定や計画にはしたくなかった。日を追って衰えていく父ととりとめない話を交わすことで、私はこの父がいつか去っていくことに気づかないふりをしていたのかもしれない。

3

父は若いころから歌をつくっていた。自費出版した歌集が、二冊遺されている。母と私は、父が存命中に三冊目をつくろうと話していたが、父の世話に取り紛れた恰好で果たせなかった。晩年は創作意欲も薄れ、ほとんど母が代作したような歌も多いから、無理に出す必要はなかったかもしれない。

私から見た父は、どちらかと言うと文学とは縁遠い人間で、文学的素養などもありそうになかった。ただ歌だけは、ひところは先生について熱心につくっていたし、晩年も亡くなる前の年くらいまで、細々とではあるが、つくりつづけていたようだ。もともと趣味の多い人で、そのくせ熱しやすく冷めやすい性格というか、一つのことが長つづきしない人だったが、歌だけは終生親しみつづけたと言えるかもしれない。

一冊目の歌集は『壺中の天』と題されて、平成八年（一九九六年）に出ている。おそらく古稀の記念に出版する気になったのだろう。そのあたりの事情は、本人が「あとがき」に書いているので、最初の部分を引用しておく。

大正十四年生まれの私は、小学校に入学するや、軍国主義の教育を受けました。単純な私は、人一倍忠君愛国と滅私奉公の思想に燃え、天皇陛下の赤子であることを誇りに思いながら、国旗や軍旗に心躍らせ、希望に満ちた少年時代を過ごしました。早く軍人になってお国のために殉じたいと考え、中等学校を卒業すると、甲種飛行予科練習生に応募し、七つボタンの軍服を纏ったときの喜びは一入でした。海軍航空隊の訓練は苦しいものでしたが、早く一人前の航空兵になることを夢見、希望に満ちた毎日でした。

父が生まれたのは朝鮮（現在の韓国）の仁川《インチョン》で、なぜそんなところで生まれたのかということも、父の複雑な出自とかかわってくるのだが、とにかく戸籍上は、そこで大正十四年（一九二五年）十一月二十五日に生まれたことになっている。昭和十七年（一九四二年）十二月に宇和島市立宇和島商業学校を卒業したあと、しばらく東京で働いていたらしい。それから「あとがき」にあるように、昭和十九年（一九四四年）九月に松山海軍航空隊に甲種飛行予科練習生として入隊している。

しかし一年ほどで敗戦を迎え、父は両親（この「両親」というのもまた複雑なのだが）の疎開先である愛媛県宇和島市に帰ってくる。そこで畑を手伝ったり、芋焼酎をつくって換金したり、海水を釜で煮詰めてつくった塩を農家へ持っていって米と交換したりと、闇商売のようないしことをしていたらしい。その後、知人の勧めで宇和島市役所に就職し、母と出会って結婚、「雪の多い日」に私が生まれることになる。

父は若いころから趣味で盆栽をつくったり、骨董を集めたり、お茶をたしなんだり、能楽を習ったり、禅寺に坐禅を組みにいったりしていた。幼かった私は、世の父親というものは、みんなそういうものだろうと思っていたが、長ずるにつれて、やはりうちの父親は、少し変わっているのではないか、といくらか認識をあらためるようになった。私は父が三十三歳のときの子であるから、私が物心ついたころは、まだ三十代だったはずだ。その歳で、趣味が盆栽に骨董というのは、現在の感覚からすると思い切り年寄り臭い感じがする。あの世代にとっては、そうでもなかったのだろうか。

ひところは石にも凝っており、小学校へ上がる前の私は、休みの日などに、よく父に連れられて高知県あたりまで石を採りに出かけた。小さなツルハシみたいなもので山を掘って採石するのである。集めた石はリュックに入れて持ち帰り、余分な泥を落として金のブラシで磨く。専用の電動研磨機まで持っていた。最後にワックスか何かをかけて、布切れで磨き上げる。品評会のようなところに出展したり、愛好家同士で売買したりもしていたようだ。まるでつげ義春のマンガの世界だ。

参禅を趣味と言っては気の毒だが、幼い子どもから見れば、自分の父親が禅寺へ坐禅を組みに出かけることも、隣の県まで石集めに出かけることと大差はなかった。父が出入りしていた寺は、市内にある臨済宗の古刹で、そこの老師を慕って、公案をいただきにせっせと通っていたらしい。

この老師とは、一度だけ言葉を交わしたことがある。どういう事の次第だったのかは忘れた。小学校に上がったばかりのころだったと思う。美しい庭に面した部屋で、季節は冬だった。父親の横に畏まって坐っている子どもに、学校のことなどをたずねながら、老師は火鉢にかかっている鉄瓶の湯で茶を淹れ、京都かどこかのお菓子を出してくれた。このやさしそうな老人が、不合理な問答で父を困らせているとは、にわかに信じ難い気がしたものだ。

「何をしているの」

足を組んで坐り、定印を結んで瞑想している父にたずねた。

「これは坐禅といってな。息の仕方が大事なんだ。おまえもやってみるか」

子どもは素直だ。

「ほら、背筋を伸ばしてまっすぐに坐って。そんなに前かがみになっていたんじゃ、悟りは開けないぞ。自分の息に気持ちを集中するんだ」

「ただ吸ったり吐いたりするだけじゃだめなの」

「息を吸うたびに宇宙を創造している、息を吐き出すたびに宇宙を破壊している。そういうつもりで呼吸をするんだ。この息だけ。この一呼吸だけ。あとにも先にも何もない」

いったい何を言っているのだろう、この人は。

「どうだ、何か感じたか」

「足が痛い」

「それでいい」父は満足そうだった。「おまえはいま少しだけ自我を捨てたんだ」

ずっと後のことになるが、読んでみろと言って『無門関』をくれたことがある。中学生のころだったと思う。その本はいまも持っている。これもまた、どういうつもりだったのだろう、と首をかしげるしかない。

「あの木を見てみろ。風に吹かれて葉っぱが揺れているだろう。動いているのは風か木の葉か。どっちだと思う」

「どっちも」

「いや、違うな。動いているのは心だ。おまえの心が動いているんだ」

高校生のとき、隣に学会の信者が越してきた。いまも昔も、私は宗教的な偏見はもっていないつもりだ。どんな宗教も、信じるのは本人の勝手だと思っている。それはそれでいいのだが、毎晩「なむみょうほうれんげきょう」と一家で題目を唱えるのがうるさくてしょうがない。受験勉強で切羽詰まっていた高校生は、ある夜、窓を開けて隣家に向かって怒鳴った。

「うるせえ！　黙れ、ぶっ殺すぞ！」

実際に、この通りのことを口にしたのだ。さぞかし親は困っただろう。私なら自分の子どもにそんなことはしてほしくないと思う。しかし父は口調を荒立てることもなく息子を諭したものだ。

「あのなあ、禅の修行に長けた人たちは、静けさを求めたりはしない。静けさというのは、自分で創り出すものなんだ」

「試験は明日だというのに、そんな呑気なことは言っていられないよ」

「そんな勉強ならやめてしまえ。たかがお題目くらいに動揺しているようじゃあ、とうてい本物にはなれん」

「本物とか贋物とか、いったいなんの話だよ」

「動いているのは心だ。おまえの心が動いているんだ」

こうした寺通いの日々に、父は歌の先生とも出会っている。あるとき居士部屋で歌を勧められ、本人も日記のかわりにといった軽い気持ちで指導を受ける気になったようだ。ちなみに第一歌集の『壺中の天』という題名は、老師からいただいた居士号の「偈」からとったものだ。

廣狭無元隔壺中蔵海天
棲地一畝地自適又安禅

漢文にも漢詩にも素養の乏しい者には、もとより正確な意味はとれないが、壺のなかに海や天を蔵しているというあたりが、なんとなくミクロコスモスっぽくて私の好みにも合う。老師の直筆による「偈」を、父は表装して大切にしていた。それでいまでも、父の位牌や遺骨とともに、この「偈」が部屋に掛けてある。あとで触れるように、父は実の父親の愛情には恵まれなかった。だから老師や歌の先生に、父親的なものを求めたのかもしれない。幸い父は、そうした人たちには恵まれたと言えるだろう。

4

本人の言によれば、第一歌集をまとめるまでに、約一万首の歌をつくったということだ。そのなかから約千首を選んで、歌集は編まれている。昭和四十八年（一九七三年）から昭和六十四年（一九八九年）まで、十六年余りのあいだにつくられた歌を年代順に収めている。父の年齢は昭和の元号と同じだから、四十八歳から六十四歳くらいまでの歌ということになる。

取捨選択したとはいえ千首も収めているのだから、素人の私から見ても玉石混淆というか、「石」の割合は非常に高い。五百首くらいに絞り込んだほうが、歌集としては良いものになったはずだ。しかし本人は「日記のかわりといった軽い気持ち」だったそうだから、この分量でよしとしたのだろう。父が死んでしまったいまとなっては、「石」も含めて多くの歌を活字にしておいてくれたことを幸いに思う。息子の私から見ると、むしろ「石」のほうに面白い歌が多いと言いたいくらいだ。もとより歌の善し悪しはわからないから、この文章の趣旨に副ったものだけを拾っていきたい。

最初の歌がつくられた昭和四十八年といえば、私は中学三年だ。それから高校を卒業して大学へ進学するまでのことが、折節に詠まれている。

幼子と思ひし吾子にいたはられ妻と二人の幸噛みしむる

元旦や今年高校になれる吾子に屠蘇を注ぎつつ思ひあらたなり

無とは何模索繰り返す冬夜中入試の近き吾子起きし気配す

妻は娘に吾は長男につき添ひて中学高校晴れの入学式

このとき私が入学した愛媛県立宇和島東高等学校は、父が卒業した宇和島商業と旧制宇和島中学とが、戦後の学校編成で統合されてできた高校で、沿革的には私は父の三十年余り後輩と言うこともできる。戦前の宇和島商業と宇和島中学は、ともに野球が強かったらしく、それぞれの応援歌が、私の在学中にもうたい継がれていた。おまけに若いころの父は、酒に酔って、よくこれらの応援歌をうたっていた。幼い私にしてみれば、古めかしい歌詞の多くの箇所が意味不明だったこともあり、酔っぱらった父が胴間声《どうまごえ》を張り上げてうたう奇妙な歌に過ぎなかった。この奇妙な歌が、奇妙なかたちで甦ることになる。

去年（二〇一二年）の秋口くらいから、父の嚥下機能の衰えは、いよいよ深刻な状態になってきた。それまでにも医師からは人工栄養を勧められていたが、私たちは断って、なんとか口から食べさせることをつづけてきた。しかし唾液を呑み込むことも困難な状態では、慢性的な誤嚥は避けられない。肺炎が悪化するたびに、経口による食事の量は減り、点滴中心の生活に切り替えられた。すると栄養不足から身体のあちこちがむくみはじめる。同じことが何度か繰り返されたところで、とうとう私たちは中心静脈栄養（ＩＶＨ）のためのカテーテル挿入に踏み切った。それが十月はじめのことで、以後、亡くなるまでの三ヵ月ほどを、父はほぼ絶飲食で過ごすことになる。

まだ口からの栄養摂取を諦めていないころ、私は見舞いに行くたびに、少しでも嚥下機能を向上させようと、「パパパ、タタタ、カカカ」などと発声練習をさせたり、顎や首筋にマッサージを施したりした。マッサージはともかく、父は私が強要する発声練習や舌や口の運動を嫌がった。すぐに「もういい」とか「疲れた」とか言ってやめてしまう。

「口から御飯を食べようと思えばね、ぼくたちがいくら張り切ってもしょうがないんだからね。お父さんが自分で頑張るしかないんだよ。薬を飲んでも、手術をしても治らない。医者にもどうしようもないんだ。自己鍛錬あるのみ。いい、それじゃああとについて言ってみて。パタパタパタパタ、タカタカタカタカ、バカバカバカバカ……」

おそらく父の体力は限界まできていたのだろう。ほとんど寝たきりの状態とはいえ、一日六〇〇キロカロリーほどの摂取量では力も出ないだろう。何も楽しみはなく、希望だってもてない状態で、気持ちを前向きに保てと言うほうが無理だ。なんのために父は生きているのだろう、という疑問に幾度もとらわれた。楽しいことなど何もない。あるのは絶えざる苦痛と不快感だけだ。何もしてやれない。私にできるのは、せいぜい毎日見舞って、身体をさすることくらいだ。

枕もとの小さなテレビは、一日中つけっぱなしだった。ろくに見ていないのに、消すと文句を言った。それにしてもなんという国だろう。どのチャンネルでも、誰かが何かを食べている。とくに私が見舞いに行く午後の時間帯は、ワイドショー番組のなかでレストランを紹介したり、スイーツを食べ歩いたり、料理のレシピを紹介したりする類のものばかりだ。絶食中の父に見せるのは酷だと思い、チャンネルを替えるとミステリー番組で、犯人の推理などをやっている。なるほど、グルメと殺人を娯楽に生きている国民なのだ。

鬱屈した気分を紛らわすために、私たちは歌をうたうことにした。幸い個室なので、同室者を気にする必要はない。ドアを開けているから、別室の入院患者には少々耳障りかもしれないが、なに、かまうものか。苦情が来たら、「動いているのはあんたの心だ」と言ってやろう。看護師にも言いたいことがある。だいたいあんたたちは、食事時になると、「○○さん、御飯よ〜」などと無神経に言っているが、そのよく通る声は、みんな父にも聞こえているのだぞ。絶飲食の患者が、あんたたちの「○○さん、御飯よ〜」という能天気な声を、どんな気持ちで聞いているか考えたことがあるのか。

父も鬱屈していただろうが、私のほうもそれなりに鬱屈していた。ちょっとした意趣返しの気持ちもあったと思う。すぐに頭に浮かんだのは、私たちがともに卒業した学校の野球部の応援歌だった。私が幼いころ、酒に酔った父がうたっていた奇妙な歌、私もまた高校時代にうたわされることになった、難しい漢語のたくさん出てくる古めかしい応援歌。こいつをリハビリと気晴らしと意趣返しを兼ねてうたうことにした。嚥下機能がすっかり衰え、聞き慣れている私たちでさえも、何を言っているのかわからないほど言葉が不明瞭になった父と一緒に。

熱球血をすすりて　笞《しもと》受くる時
勝たねば止まじと　命は誓う
意気の甕《もたい》に血を汲みし　勝利の盃
酔うては捧げん　波立つまでも

これが旧制宇和島中学の野球部の応援歌。つづいて宇和島商業の応援歌にいってみよう。

ああ夢多き南海に
雄々しき闘志を抱きつつ
立ちてぞ此処に幾年か
母校のために気を吐きし
若き血燃ゆる若人よ

意気と力のスピリット

いいね、いいね。父もけっこう真面目にうたっている。とくに最後の「意気と力のスピリット」というフレーズはお気に入りなのか、ここに来るとひときわ声が大きくなる。父は宇和島商業の第十九回卒業生、私は宇和島東高等学校の第二十八回卒業生。同窓会名簿にも名前が載っている。昭和十八年（一九四三年）と昭和五十二年（一九七七年）、三十四年の時を隔ててはいても、私たちは同じ応援歌によってつながっている。それにしても「苔」とか「甕」といった言葉を、当時の十五、六歳の若者は普通に知っていたのだろうか。

5

父が亡くなってから、遺されたものを気まぐれに取り出して眺めているうちに、背に墨で「自分史資料」と書かれた薄茶色の表紙のファイルが出てきた。これとは別に、「自分史マニュアル」というう既製のファイルも残されている。どうやら父は「自分史」の作り方教室みたいなところへ顔を出していたらしい。いつごろのことか、正確な時期はわからないが、「自分史資料」の最後に、昭和六十年（一九八五年）十月に受けた健康検査結果報告書がファイルされているから、おそらく六十歳で市役所を定年退職したころだろう。

既製の「自分史マニュアル」のほうは、ルーズリーフ仕様のノートになっており、出生や家族、親族のことからはじまって、子ども時代の思い出、印象に残っている友人など、時系列的にかなり細かな項目が立ててある。項目に沿ってスペースを埋めていけば、自動的に「自分史」のアウトラインが出来上がるという寸法だ。予想されたことではあるが、スペースはほとんど埋まっていない。大半は真っさらな状態なので、これから自分史を書きたいという人に差し上げて、そのまま使ってもらってもいいくらいだ。何かを新しくはじめるとき、父はマニュアルや指南書の類を買ってきて、それなりに謙虚な姿勢を見せるのだが、まず長つづきしたためしはない。要領をつかんで自己流でつづけるか、早々に投げ出してしまうか、どちらかだ。自分史については後者であったようだ。

ただ「自分史資料」のほうは、それなりに収集が進んでいたようだ。マニュアルの時系列的な項目で言えば、出生、家族、親族あたりまでだろうか。とくに一族の戸籍謄本のコピーは充実している。父から遡ること三代ほど前までの、古い戸籍を完備している。私の母方の先祖についても同様である。よくぞ集めたものだと思うが、このあたりは長年の役所勤めがものをいったのかもしれない。しかし「資料」の充実はここまでだ。戸籍のコピーがファイルの約半分を占め、それらを整理して父が作成した一族の家系図が、何枚か綴じ込んである。以上をもって、「自分史資料」の資料的価値はほぼ尽きている。

ここから父はどんな自分史を書こうとしたのだろう。本当にそんなものを書こうとしたのだろうか。もちろん父は「自分史」なるものを書こうとしたのだ。とても真剣に。だから作り方教室にも顔を出したのだろう。そのときの真摯な気持ちは疑いようがない。しかし残念なことにと言うか、あるいは父らしいと言うべきか、多くの場合、この人の志は長つづきしないのだ。「自分史」にかぎったことではない。何かを思い立つ。行動は早い。すぐに行動を起こす。居ても立ってもいられずに、マニュアルや指南書を買ってくる。セミナーにも顔を出す。だが、あとがつづかない。熟慮が足りないのだろうか。たぶん、そういうことだろう。初期衝動だけを豊富にもつ人だった、と言うこともできる。

いまふと思ったことだが、これらの資料を活用すべきは、「小説」という得体の知れないものを書いている、この私かもしれない。ただ自分の先祖や一族のことを書くのは、私の書き慣れたスタイルではない。それにいくら充実しているとはいえ、古い戸籍だけを眺めて物語を紡ぎ出すことができるのは、よほど想像力に恵まれた者と言えるだろう。

戸籍とは残酷なものだ。彼らは確かに生存していた。一人一人が固有名をもって存在していた。生まれ、生き、ある者は結婚し、子どもを残し、そして死んだ。それだけだ。彼らはいかなる者であったのか。何をなしたのか。少なくとも私にはわからない。多くのことは忘却され、消滅してしまった。彼らが存在した事実は、いまとなってはかくも希薄だ。この希薄さと釣り合う物語をこそ、私は書くべきかもしれない。「誰でもない者」たちの物語を。いつか書いてみたいし、きっと書くだろう。しかしいまの私には手に余る。当分は、戸籍の上にあらわれては消えていく名前、死亡や婚姻や離婚など、様々な理由で名前の上に引かれたバツ印を、ぼんやり眺めているしかないようだ。

父の人生をたどろうとする、この文章を書き進める上でとりあえず使えそうなのは、本人が作成したらしい履歴書だ。B５サイズの用紙一ページに、タイプ打ちの文字で、かなり詳しい学歴、職歴が記されている。歌集の「あとがき」では空白になっていた部分を、この履歴書によって埋めることができそうだ。つまり昭和二十年（一九四五年）に甲種飛行予科練習生として敗戦を迎えたあと、市役所に勤めるまでの約五年間の父の行動を、大まかにではあれつかむことができる。

まず昭和二十一年（一九四六年）三月に、父は東京国際外国語学校というところに入学している。いきなり意表を衝く展開だ。そんなところで何を学ぼうとしたのだろう。外国語学校だから、もちろん語学だろう。しかし長くはつづかない志、初期衝動だけの人という面を、早くも父はあらわしはじめる。翌年の十月に「右中途退学」。どういう事情があったのかわからない。郷里には帰りにくかったのか、そのまま加古川市の染色会社に就職している。おそらく親戚の縁故を頼ったものだろう。ここに二年間勤めたあと宇和島に戻り、一年ほどぶらぶらして、昭和二十五年（一九五〇年）十月、市の臨時職員として採用されている。

何事も長つづきしないという印象のある父だが、この宇和島市役所には昭和六十年（一九八五年）に定年退職するまで、三十五年間勤めている。立派なものだ。これまで一度も定職に就いたことがなく、ただ運と偶然に助けられて、なんとなく「物書き」の看板を掲げている私などは、素直に敬服してしまう。自分にはサラリーマンは勤まらない。学生のころから、そんなふうに見切りをつけた挙句に、こんな道に迷い込んでしまったのだ。子どもの目から見ると、父の人生はとても「まとも」だった気がする。小さな踏み外しはあっても、基本的に真面目な人だったのだろう。

一口に三十五年と言うけれど、その間には、私たちの知らない苦労もたくさんあったはずだ。

役所での出来事を、家で父が話すことはほとんどなかった。母には話していたのかもしれないが、子どもたちの耳には入らなかった。ただ父が遺した歌のなかには、数は少ないけれど、役所勤めの辛さを詠んだものが見受けられる。

住民のヒステリックな罵声浴びゴミ処理工夫に今日も疲れ果つ
不燃物捨て場探して小一年今日契約の印押すここに

いずれも昭和四十九年（一九七四年）の歌だ。先の履歴書によると、前年から父は生活環境課清掃係長というポストに就いている。まさに「ゴミ処理工夫」の当事者であったわけだ。私のほうは高校生で、何かと悩みの多い年頃、父の仕事上の困難に気持ちを向けることは、ほとんどなかった。

この問題は、「契約の印」が押されたあともこじれたようだ。昭和五十三年（一九七八年）の歌から拾ってみる。

清掃工場反対の声いや高み団結小屋が吾が家の前に
スパイよと誹謗され吾は斯く忍ぶたとへ村八分になるともよけむ

「スパイ」とか「村八分」とか穏やかではない。私は前年から大学進学のために親元を離れており、この間の詳しい事情は知らない。折節に耳に入ってきた話から推察するに、おそらくこういうことだろう。父は清掃係長時代、市が新しく建設を計画しているゴミ処理場の用地買収に奔走し、一年ほどかけてようやく契約に漕ぎつけた。ところがゴミ処理場の建設予定地が、よりによって自分の家のある地元だった。計画を知らされた住民たちのあいだに反対運動が起こる。個人の自由と公共の福祉の衝突である。反対派住民の団結小屋なるものが自宅の前に建つ。この小屋のことはおぼえている。文字通り掘立小屋のようなところに、近所のおじさん、おばさんたちがいつも数人で寄り集まって、お茶を飲みながら四方山話（ではなかったかもしれない）をしていた。このような人たちから、父は処理場建設の首謀者の一人ということで、陰口や悪口を言われたということだろう。

辛い事情は推察するに余りある。まあ、実際に誹謗中傷の言葉が父の耳に入ってきたのか、いくらか被害妄想的な解釈を含んでいるのか、そのあたりのことはわからない。雄々しい歌のトーンからすると、詠み手の気持ちが先走っている気もするけれど。ただ父のまわりに、「村八分」という時代がかった言葉を思いつかせる空気が流れていたのは確かだろう。いくらか悲壮感の滲む歌も、同じころに詠まれている。

吾に妻子の在らざれば今にも職を辞しこの苦しみを逃れんものを

6

今回、父の役所歴を見てあらためて意外に思ったのは、その経歴が教育畑からはじまっていることだ。「意外」というのは、私から見ると、父と「教育」という取り合わせは、かなりミスマッチなものに思えるからだ。しかも退職間際には、教育長代理まで務めているのだから、笑ってしまう。さすがに一年ほどで別の部署に出向しているのは、市のほうも人事の誤りに気づいたのだろうか。

とにかく昭和二十五年（一九五〇年）に市役所の水道課に臨時職員として採用された父は、ほどなく事務職として本採用され、社会教育課という部署で約十年間のキャリアを積んでいる。昭和二十七年（一九五二年）から三十七年、父の年齢では二十七歳から三十七歳まで。母と出会って結婚し、私が生まれて物心つくまでの時期にあたっている。

そう言えば私の実家には、司馬遼太郎とか松本清張とか、著名な文士の色紙が何枚か額に入れて掛けてあった。いまから考えると、それらは父の社会教育課時代の副産物だったのかもしれない。仕事柄、彼らが講演などで市を訪れるときに世話をすることが多く、そんな折に色紙をもらっていたのではないか。

両親を福岡へ呼び寄せたのは二〇〇六年のことだ。私たちが一戸建ての自宅を新築した折に、それまで住んでいたマンションをリフォームして二人に住んでもらうことにした。３ＬＤＫの手狭なマンションなので、引っ越してくるときに、父が集めた石や骨董などの多くは処分してもらった。色紙はどうだろう。

父が亡くなり、いまは一人で住んでいる母に色紙のことをたずねると、すぐに出てきた。専用のホルダーに入れて大切に保管されている。これがなかなか面白い。司馬遼太郎は「招福」という字を書いている。水上勉は「母恋いの段々畠か雁わたる」という句を詠んでいる。おかしいのは井上靖で、サインペンの稚拙な文字で、「若し原子力より大きい力を持つものがあるとすれば、それは愛だ。愛の力以外にない。」と書いている。私などがうっかり書きそうな文句だ。今東光の雄渾な書もあれば、生島治郎と三浦朱門と笹沢左保が寄せ書きしたものもある。それでも母によると、半分くらいは人にあげたりしたそうだ。もとより私には、文士の色紙などをありがたがる趣味はないので、散逸したことは惜しくない。ただ、どんな人たちが宇和島を訪れていたのかを、もっと知りたいと思った。すると母は事もなげに、一冊のアルバムを取り出してきた。

そのアルバムには、かつて宇和島を訪れた文士たちの写真や、当時の地元新聞のコピーが、年代順にきれいに整理されている。しかも几帳面な母は、講演に訪れた講師の氏名、当時の年齢、演題などをわかるかぎりで調べ上げ、一枚のリストにしているではないか。いまとなっては貴重な資料である。実物をお見せできないのは残念だが、亀井勝一郎と加藤芳郎と井上靖と大仏次郎が旅館の着物を着て写っていたり、若き日の柴田錬三郎と水上勉が楽しそうに飯を喰っていたり、瀬戸内晴美（寂聴）と今東光がバスの窓から顔を出して笑っていたり、開高健と南條範夫が相合傘でたたずんでいたり、五味康祐と平岩弓枝と陳舜臣がプラットホームを談笑しながら歩いていたり、とにかく面白い。

母が苦労してまとめた講演会記録のほうも紹介しておこう。それによると、かつて宇和島市において、文藝春秋社の主催による文化講演会が毎年のように開かれており、写真や色紙に名をとどめる文士たちのほとんどは、この講演会のために訪れていたのだった。講演会はあわせて十六回開かれており、最初のころは四人、後になると三人、小説家や評論家、ときには漫画家が講師として招かれている。一回目は昭和二十八年（一九五三年）で、中村光夫が「読書の楽しみ」、檀一雄が「文学とは何か」という演題で話している。四回目にあたる昭和三十三年（一九五八年）は大仏次郎「思い出す人々」、井上靖「作家の立場から」、亀井勝一郎「道徳について」、加藤芳郎「消しゴムのカスの冷や汗」となっている。

それ以外の講師では、源氏鶏太、中野好夫、堀田善衛、小林秀雄、松本清張、伊藤整、三浦哲郎、山口瞳、大岡昇平、黒岩重吾、城山三郎、古山高麗雄などの名前が見える。五味康祐の「剣豪への疑問」、水上勉の「人を殺す話」など、ちょっと聞いてみたかったなあと思わせる演題も多い。最後に開かれたのは昭和五十三年（一九七八年）で、このときは三浦朱門、平岩弓枝、おおば比呂司が来ている。

この他に、宇和島市立図書館主催の講演会が昭和三十五年（一九六〇年）と同四十五年（一九七〇年）の二回開かれ、いずれも司馬遼太郎が来ている。司馬は宇和島を気に入ったようで、その後も取材や講演、あるいはプライベートでもたびたび訪れている。母の記録では十回ほどになる。親しくしていた人たちもいたようで、来訪のたびに市内の鮮魚店で、酒を酌み交わすのを楽しみにしていたらしい。「掛け値なしに、日本でいちばん好きな町は宇和島と長崎」という、本人の言葉も残っている。半分は社交辞令としても、司馬家がお手伝いさんとして宇和島出身の女性を雇いつづけたことは事実である。平成元年（一九八九年）には、何代目かのお手伝いさんの仲人として、結婚式に列席するために宇和島を訪れている。

こうした司馬と宇和島との橋渡し役を務めたのが、当時の宇和島市立図書館長だった。そのことについて、母が二十年以上も前に地元の新聞に書いたエッセーがあるので、冒頭の部分を引いてみる。

宇和島市立図書館が現在の近代的な三階建てになる前の木造平屋であった当時、構内の東隅に図書館住宅がありました。

結婚して間もなく、図書館長の渡辺喜一郎さんから、私たちに「住まないか」と言っていただきました。私が図書館、夫は教育委員会事務局へ勤めておりました。それから十一年間をこの図書館住宅で暮らし、二人の子供もここで生まれ、構内で遊んで育ちました。

言うまでもないが、「二人の子供」のうちの一人が私だ。あとの一人は三つ下の妹。私は小学校に上がるころまで、この「図書館住宅」に住んでいた。引用中にあるように、母は図書館の事務員だった。父は市の教育委員会。いかにも充実した教育環境と思われるかもしれないが、とんでもない。実情は酔っぱらった父が、やはり酔っぱらった同僚たちを毎晩のように連れてくる。おかげで息子は、幼いうちから酔客の相手をするコツを身につけてしまった。

もう少し引用をつづける。

図書館後援による「文藝春秋文化講演会」が継続して開催され、数十人に及ぶ中央の文化人が宇和島を訪れたのは、渡辺喜一郎さんの功績であることは知られるところです。

その講師を松山に出迎えるのが夫の役割でした。続く市内観光、講演会後の地元の名士との夕食会、翌日の見送りまで、渡辺さんは常に夫に同席を求められました。

そういうことらしい。つまり父は公務として、文化人たちの出迎え、市内観光、接待などをやっていたわけではなく、図書館長である渡辺氏との、いわば個人的なつながりで、文士たちの世話を引き受けていたらしいのだ。少なくとも母の文章は、そんなニュアンスで書かれている。「夕食会」と上品に婉曲されているが、内実は酒宴、宴会だろう。先に触れたアルバムに、ちゃんと証拠写真が残っている。旅館の大広間、着物姿で寛ぐ文士たち、食い散らかされた御膳、林立するお銚子、ビール瓶……。父は普段友だちと飲み歩くことの延長で、嬉々として文士たちを接待していたのではないか。

いまでもそうかもしれないが、当時の図書館の事務員は、ほとんどが女性だった。男の職員は一人か二人だった。だから渡辺氏としては男手が欲しかったのだろう。しかも図書館の男性職員は、趣味で英会話でも習っていそうな真面目なタイプの人が多く、接待向きではない。もっと下世話で、享楽的なやつのほうがいい。そこで図書館長は、構内の「図書館住宅」に住んでいる男のことを思い浮かべる。あいつなら小まわりがきいて、使い勝手がよさそうだ。お調子者だから、どこにでもついてくるだろう。タダで酒を飲ませてやると言えば、喜んで引き受けるはずだ。あいつなら文士のお相手として適任だ。そうだそうだ、そうしよう。

この渡辺氏のことは、風貌も含めてよくおぼえている。ちょっと小太りの、大学で哲学か考古学でも教えていそうな人だった。母も書いているように、私はいつも図書館の構内をテリトリーとして遊んでいたので、ときどき「うるさい」と言って叱られた。母の上司でもあり、基本的に怖い人ではあったが、一方で私のことを可愛がってくれ、私も「館長さん」と呼んで懐いていた。

父もまた「館長さん」に懐いていたらしい。渡辺氏も父を気に入っていたのだろう。そうでなければ、「渡辺さんは常に夫に同席を求め」ることもなかったはずだ。要するに、二人は気が合った。渡辺氏が亡くなったあと、父が氏のことを懐かしそうに話すのを、私は何度か耳にしている。その父も亡くなり、いまは私が二人のいにしえの交友を懐かしく回想しているわけだ。

7

父が多趣味であったことについてはすでに触れたが、この機会に、どんなことに、どの程度まで深入りしていたのかを、わかる範囲で調べてみることにした。まずは母の話を聞いてみよう。

「そうやねえ、とにかく趣味の多い人やったけんねえ」

「思いついたところを、ちょっとメモしといてよ」

ということで後日、簡単なメモを手渡された。本当に思いついたところをメモしてある。そのまま書き写してみる。謡曲、仕舞、マラソン、ゴルフ、水飲み健康法、瓢箪、表装、書、釣り、禅、短歌、酒、タバコ、骨董、焼き物……ええ？　水飲み健康法って、それはあなた趣味ではなくて健康法でしょう。少なくとも母の目には、夫のけったいな健康法は、趣味や道楽と映っていたようだ。可哀そうに、「禅」まで趣味にされている。まあねえ、家族なんてそんなものかもね。

とはいえこのリスト、私にはいささか懐かしくもある。そう言えば、と思い出すところがあるからだ。たしかに瓢箪、家のあちこちに掛けてあった。二十個くらいは所持していたのではないか。ピークは私が小学校に上がるか上がらないかのころだったと思う。それがいつのまにか、一つか二つを残して姿を消していた。きっと飽きてしまったのだろう。表装というのもおぼえている。作業をする広いベニヤ板、物差しや筆、カッターナイフなどの小道具を一式揃えて、ひところは熱心に製作していた。本職から教えを請うていたのだと思う。書をたしなむ人だったので、自分の作品を表装していたのかもしれない。マラソンに凝っていたのは四十代から五十代半ばにかけてだ。毎日、今日は何キロ走ったと、自慢そうに話していた。

五十吾その限界を試さんと参加決意す全国壮年マラソン大会

もちろんフルマラソンではないと思うが、五十歳の父は、そんな大会にも参加していたのだ。宮島かどこかの大会に出場したときの写真を見せられたおぼえもある。『ランナーズ』とかいう雑誌を、定期購読していたはずだ。私も大学に入ってしばらくは、健康維持のためにジョギングをしていた。きっと父の影響だったのだろう。でも健康法は、あまり熱心にやると健康に悪い、というのが私の持論だ。その点、父はなんでも熱心にやり過ぎるきらいがあった。

リストにある謡曲と仕舞についても、幾つか思い出すことがある。父の謡は、幼い私の耳にも記憶をとどめている。長じてからは、母方の祖父と父が酒の酔いにまかせて、楽しそうに謡っているのを耳にしたことがある。「羽衣」あたりを、シテとワキにわかれて演じていたのかもしれない。きっと結婚式の披露宴でも、「高砂や、この浦舟に帆をあげて」などとやっていたのだろう。

ここに一枚の写真がある。あとで触れるように、父は五十五歳のときに胃癌の手術をしている。心の隅では死を覚悟していたのかもしれない。手術を前に、今生の姿をとどめておこうと思い立ったらしい。いくらか悲痛な顔をしているのは、そのせいだろうか。紋付に袴をつけて、扇を片手に「高砂」を舞う五十五歳の父。私は下手な剣道を長年つづけているおかげで、袴や防具の付け方を見れば、だいたいの腕前はわかる。父の着装はきちんとしており、足の構えといい、腰の定まりといい、なかなか美しい。それなりに舞えたのではないだろうか。

このあたりを母に確認すると、「まあ、上手やったんやないかねえ」ということだ。さらに詳しく話を聞いて驚いた。なんと父は、母と結婚する前に、謡曲と仕舞のお師匠さんから、跡を継がないかと打診されたことがあるらしい。筋が良かったということだろうか。お師匠さんのところには、一時、母も父に連れられて謡を習いに通っていたことがあるそうだ。両親の結婚は昭和三十年（一九五五年）だから、跡継ぎの話はそれよりも前、父が二十代後半のころだろう。本人が作成した履歴書によれば、市役所に入り、「教育委員会事務局職員に任命」されたころではないか。安月給の新米事務員にしては呆れた……もとい、優雅な暮らしぶりと言うべきだろう。

さらに母の驚くべき証言はつづく。父は謡と仕舞だけでなく、鼓、笛、太鼓などの鳴り物も器用にこなしたというのだ。なるほど、お師匠さんから目をかけられるだけのことはある。しかし、そんなことでよかったのだろうか。公務員なのに。しかも下っ端とはいえ、教育委員会なのに。加えて母の曰く、「もっとも、そっちのほうは、花町あたりで習うてきたんかもしれんけどね」だって。まったく、公僕にあるまじき道楽者ではないか！　母方の祖父は、小学校の校長を務めた根っからの教育者である。父は母と結婚するにあたって、この祖父の承諾を得るのにずいぶん苦労したらしいが、当たり前だ。私が祖父でも反対する。断固反対だ。こんな男は娘の婿にも、他のどんな女性の夫にも不適切である。

この父から、よくも私のような真面目な人間が生まれたものだ。父について調べれば調べるほど、そんな気がしてくる。自然界ではしばしば「平均への回帰」と呼ばれる現象が見られるらしい。たとえば、もっとも身長の高いグループの子どもは、他の子どもに比べれば背が高いが、親よりは低くなる傾向になる。おかげで私たちは、無限に身長が高くなることを免れているわけだが、私の場合も、この「平均への回帰」によって救われたと言えるかもしれない。もちろん何をもって「平均」というかは、大いに議論のあるところだけれど。

子どものころの私にとって、「貧乏」は馴染み深いものだった。月末になるたびに、母が「お金がない、お金がない」と言っているような家だった。それがトラウマとなって、いまだに私は貧乏性だし、隠そうとはしているけれど、根はケチである。なぜ、こんなに「お金がない」

家だったのか。これまで私にはわからなかったたし、あえて原因を探ろうともしなかった。母のやり繰りが下手だったのだろう、くらいのところで済ませてきた。いまや認識をあらためなければならない。原因は父の道楽、放蕩である。間違いない。あの父が幼い私に、「物質的困窮」というトラウマを植えつけたのだ。

そのあたりのこと、どうよ?

「そういうことやったのかもしれんねえ」

なにを呑気なことを言っているのだ。父も父だが、母も母である。母がそんな具合だったから、父は見境もなく道楽や放蕩に走ったのではないか。なんとかしようとはしなかったのだろうか。

「何度も質屋へ通ったり、ときどき松恵さん(父の兄の妻)からお金を借りたりして……」

いや、そうじゃなくて。まあ母も自分の仕事をもっていたので、亭主のことをいちいち気にかけている暇はなかったのかもしれない。しかし、それにしても放任し過ぎではないだろうか。そこまで信用できる男だったのか、彼は。

考えてみると、父の趣味や道楽はけっして不健全なものではない。もう一度、母がメモしたリストを眺めてみよう。謡曲、仕舞、マラソン、ゴルフ、水飲み健康法、瓢箪、表装、書、釣り、禅、短歌、酒、タバコ、骨董、焼き物。酒やタバコはともかく、謡曲、仕舞、書、禅、短歌などは、日本古来の伝統を継承した、知的で文化的なものと言える。知らない人が聞いたら、

「いい趣味をおもちですね」と言ってくれるはずだ。瓢箪や表装は、「面白い趣味をおもちですね」といったところか。アウトドア志向の釣りなども、健全で健康な趣味の範囲に入るだろう。さすがに水飲み健康法になると、「この人、ちょっとおかしいのではないか」と思われるかもしれないが。

要するに、選択は間違っていない。悪徳の匂いのするものは入っていない。人に迷惑をかけるもの、ギャンブル性の高いものも含まれていない。どちらかと言えば文化や伝統、自然との親和性が強い。しかしながら父の場合、なんでも度を越して励んでしまうのだ。そのため本来は健全で健康な趣味であるはずのものが、妻子を物質的困窮に突き落としかねない、道楽や放蕩に堕してしまうのである。

たとえば釣りだ。子どものころの父との触れあいは、このささやかな体験に負うところが大きい。父と一緒に釣りをしたことは、私のなかに大切な思い出として残っている。自分の幼年期を取り戻したいとは思わないが、美しい海や川で父と過ごしたひとときは、いまでも私を魅惑する。せっかくだから、そのような歌を一首引いておこう。

海原にボート浮かせて釣り糸を垂れつつ吾子と二人の世界

ところが、である。やや懐に余裕ができたのか、後年の父は、高価な釣竿を何本も収集するようになる。コレクションではない。あくまで実用的に、高価で高級な釣竿でなければ、「魚は釣れない」と思っているふしがあった。こうして吾子とのうるわしいひとときは、徐々に浪費と放蕩の色を濃くしていく。

母によれば、二十代の父が謡曲と仕舞の跡継ぎの話を断った最大の理由は、「お金がつづかなくなった」ということだったらしい。たしかに、ああいうものは習うにしても教えるにしてもカネがかかるだろう。一通りの装束を揃えるだけでも大変そうなのに、父の場合は、笛を吹いたり鼓を打ったり太鼓を叩いたりもしていたのだ。とても新任公務員の安月給でつづけられるものではなかっただろう。

このたびの調査において、父が遺した謡曲の本がたくさん出てきた。まず『観世流稽古用謡本』という和綴じの本が、一シリーズ五十冊くらいで二セット。他に独吟集や小謡集といった類の小型本が数冊。これらは刊行年度から見て、父が二十代のころに安月給を工面して買い求めたものと思われる。

圧巻は筑摩書房から出ていた『観世流・声の百番集』というシリーズで。箱入りの薄い書籍ながら八十巻近くある。能の現行曲は二百四十曲くらいと言われている。そのうちの百曲ほどを選んでシリーズ化したものらしい。観阿弥・世阿弥親子の曲はもとより、金春禅竹の「賀茂」や「定家」なども入っている。たとえば「屋島」で見ると、曲趣・梗概、歌詞、謡い方の解説という構成で、最後に楽師たちによる実演がソノシート（雑誌の付録などにつけられた、ビニール製の薄いレコード）三枚に収められている。昭和四十四年（一九六九年）の刊行で、定価は九百円だが、当時の父の給料からすると、かなりの出費だったのではないだろうか。

とにかく謡曲と仕舞については、二十代のころに習いはじめ、四十代半ばになってソノシート付きの教則本の類を買い求め、五十五歳の胃癌手術を前に「高砂」を舞っているわけだから、父にしては長つづきした趣味と言えそうだ。

8

父の趣味について調べていくうちに、それが思ったよりも多方面にわたり、しかも一つ一つの趣味にかなりのカネ（と労力）がつぎ込まれていることがわかってきた。こうした父の性向が、わが家に恒常的な「物質的困窮」をもたらし、私の幼年時代に「貧乏」という暗い影を投げかけていた、という事実も判明した。

そのあたりの実情を、当事者の一人である母に証言してもらおうと思う。一応、正確を期すため文章にしてもらった。以下に、それをお目にかける。

恭一が生まれた一九五九年一月五日は大雪だったが、その日写した自宅の庭の写真に、抹香石数個とさつきの小鉢数鉢が一つの棚に並べられ雪を被り写っているのである。これから察すると、抹香石とさつきの栽培は同時進行であったようだ。一九六七年に引っ越した家で、さつきは年々生育して毎年色とりどりの花を咲かせた。花が終わると玄関に持ち込み、鉢を回転台に乗せて廻しながら、「厄介だが、これをせんと来年咲かんけん」と言って、花がら摘みをしていた。

なるほど。ここでも父の趣味は健全である。石ころを集めて植物の世話をする。結構なことではないか。小津安二郎の映画で笠智衆が演じる「お父さん」のイメージだ。世の多くの父親がこんなふうなら、日本は安泰だ。

ところで、つづきがある。

さし芽をして最初から育てたさつきもあったが、見事な花を咲かせているさつきを、大金をだして買い求めたものも、一鉢や二鉢ではなかったらしい。鉢や展示会に載せて出す台にもかなり投資したようだ。

にわかに小津的な父親像は崩れはじめる。「見事な花を咲かせているさつきを、大金をだして買い求めたものも、一鉢や二鉢ではなかったらしい」とはどういうことか。しかも「鉢や展示会に載せて出す台にもかなり投資したようだ」とは？　時間が経って感情も風化したせいか、母はあくまで淡々と書いているが、「投資」という言葉は不穏である。もはや日本は安泰ではない……かもしれない。

江戸時代に園芸バブルのようなものがあったことは知られている。タチバナ、オモトなどの鉢物に、現在の価格で数千万から一億円近い値段がついたという（青木宏一郎『江戸の園芸』）。愛好家のあいだで「花合わせ」と称する品評会が流行したのも、このころのことだったらしい。現代の菊花展などは、その名残と言っていいかもしれない。父が石やさつきに凝っていたころはどうだったのかわからないが、さし芽から育てたりしていたのは、たんに観賞用というだけではなかったのだろう。つまり値段がつくようなものを育てて、趣味と実益を兼ねたいという下心があったのではないか。実際に儲かったのかどうかは、寡聞にして知らないけれど。

父の石集めにも、同じような事情があったと推測される。先の母の文章に出てくる「抹香石」とは、私の郷里の近辺で採れる石で、石を覆っている土が「抹香」に似ていることから、その名があるらしい。土を落として磨くと、黒い光沢を放つ美しい石肌があらわれる。昔から宇和島近辺の人たちは、水盤などに石を置いて楽しんでいたらしい。この抹香石を、若いころの父は熱心に集めていた。

父が遺した本（といっても大した量ではない）を調べていたら、石に関係した本が五冊出てきた。そのうちの二冊は『全国愛石総鑑』の昭和四十年（一九六五年）版と昭和四十一年（一九六六年）版で、タイトル通り北海道から九州まで、全国の愛石家たちの自慢のコレクションを写真入りで紹介したものだ。父の石もそれぞれ一つずつ掲載されている。さらに『百人百石—探石のコツ—』（昭和三十八年）、『趣味の探石行』（昭和三十九年）という新書判のガイドブックが二冊、『全国探石ガイドブック』（昭和四十年）なる四六判のものが一冊。いずれも版元は徳間書店である。

こんな本が出ていたということは、当時は、それだけ愛好家も多かったのだろう。『趣味の探石行』の「あとがき」には、つぎのような文章が見える。「爆発的といってもいいほどのテンポで愛石趣味が普及し、各地でぞくぞく愛石グループが生まれ、そしてそれにともない、山河に名石をたずねる探石行がきわめて活発になっている今日、実用的な探石の案内書がないというのは、なんとも心細いことではないか——といった話から、この『趣味の探石行』の企画がはじまりました。」

母が調べてくれたところによると、父は昭和三十四年（一九五九年）十二月に南予愛石会を発足させ、自らが事務局長になっている。まさに「各地でぞくぞく愛石グループが生まれ」ている状況だったのだろう。もっとも父が探石をはじめたのは、昭和三十年（一九五五年）ごろと推測されるから、全国的な愛石ブームの到来にあたっては、「一日の長あり」とほくそ笑んだかもしれない。それにしても、どのくらいの規模か知らないが、南予愛石会なるものを立ち上げ、さっさと事務局長におさまっているあたり、いつもながら何事にものめり込んでいく父の姿勢が窺われる。

『百人百石』と『趣味の探石行』と『全国探石ガイドブック』の三冊には、父も短い文章を寄せている。いずれも「全国石の趣味会編」となっている。すでに全国レベルで愛好家のネットワークができ、南予愛石会の事務局長を務めていたことから、父に寄稿の話がきたものと思われる。

とくに『趣味の探石行』では全国から選ばれた十八人の執筆者の一人として、地図と写真入りで堂々十ページにわたり、自らの体験を交えて、宇和島近辺で採れる石について紹介している。『全国探石ガイドブック』も同じような趣向で、探石のコースなどを具体的に紹介した、より実用性の高い内容だ。『百人百石』は、全国の愛好家百人の自慢の石を写真と文章で紹介するという、ありがちな企画。人によっては一ページの上に写真を載せ、下に文章をつけるという体裁だが、父の場合は見開き二ページで、左側に写真、右に「岩松渓谷山形石」と題した上下二段組みの文章を添えている。以下が、その全文である。


四国は伊予の宇和島からさらに南に十五キロ、『てんやわんや』で名をはせた岩松町がこの石のふるさとである。

山の字の姿をもつこの石に当初剣ヶ嶺の銘を贈ったのは私自身であったが、いつとはなく五剣山と呼ばれるにいたった。肌合いはきわめてなだらかで、色は黒がかった鼠色。三年前、伊予大洲の郷土館で見た古谷石の肌とまったく同質である。ただこの五剣山の方がやや色黒く硬質に思える。

先輩U氏との岩松渓谷の探石行がこの石の誕生日であった。昭和三十一年であった。頭の先をわずかにのぞかしていたのみで、あとは全く抹香におおわれていた。丸味を帯びただけのつまらない石のように思えた。しかし、石についている特有の抹香の色の鮮やかさが、私の眼をとらえてはなさなかった。すばらしい石がかくれているに違いないと思った。帰宅後、丹念に土を落とした。次第に姿を現してくるにしたがい、私の心ははずんだ。予想以上にととのった形が私を快い興奮につつんでくれた。水盤に入れ、毎日陽にあて、水をかけて楽しんだ。そうして二、三年前まで、日向ゴケのついたサビのある姿だった。しかし、磨き石に反対だった私にも、「数ある愛石のうち一つだけでも磨いてみよう」とささやくものがあって、躊躇しながらも鉄線を出し、ペーパーをとり、最後に布で磨きあげた。ところがどうであろう。全くすばらしい光沢を放ち、しかもその光彩が陽の移りゆくにつれ、異なったニュアンスを示してくれる。静寂なたたずまいと、無限の包容力。偉大なエネルギーを秘めている石を限りなく愛玩する。そして〝無一物即無尽蔵〟の心境にひたる。

飾り気のない、いい文章だと思う。当時の父は三十代後半。「よく書けました」と言ってあげたい。

父の愛石趣味も、最初はこの文章のように飾らない、慎ましやかなものだったのだろうと思う。そのまま小津的な父親像を全うしてくれていたら、どんなによかっただろう。しかし「慎ましやか」なままで終わらないのがわが父だ。

それを裏付けるかのように、母から驚くべき話を聞いた。若いころの父にかんしては、これまでもサプライズの連続であったが、これには心底驚いた、というか呆れた。母によると、なんと父は石を採るためにひと山をまるごと買い占め、人手を借りて掘り出した石をトラックで運んだことがあるらしい。いったいどこに、そんなカネがあったのだろう。妻子は「物質的困窮」に追いやられていたというのに。おそらく借金だろう。間違いない。父にしてみれば「投資」のつもりだったのかもしれない。掘り出した石を売ろうと思っていたのではないか。折からの愛石ブームに便乗して、ひと儲けたくらんだのだ。現に東京のデパートなどに、石を出展したこともあるらしい。儲かったという話は聞いていない。当たり前だ。だから息子は「貧乏」がトラウマになって、いまだに文章をプリントアウトする用紙は、表も裏も使わなければ気が済まない。

ちょっと山師的なところがあったのかもしれない。その性格につけ入られたのではないか、と思えることがある。というのも父には、数々の趣味や道楽の他に、わが家の家計逼迫をつくり出す問題行動が認められたからだ。それは人にカネを貸したり、保証人になったりすることで生じる債務負担で、同じ過ちを、父は生涯に何度か繰り返している。

如何にせむ貧者の一灯の吾が善意踏みにじられしこの空しさよ
失ひし財にこだわる哀れさよこの憂鬱のいつ迄つづく
真夜を醒め春雨の音侘しかり債務負担がすぐ偲ばれて

いずれも昭和五十七年（一九八二年）の歌だから、私は大学院へ進学している。当時の事情はまったく知らない。そこで母にたずねてみると、これが意外とあっさり、一連の歌が詠まれた背景について話してくれた。そのころ父は、毎日浮かない顔をして塞ぎ込んでいたという。不審に思って問いただすと、重い口を開いてことの次第を打ち明けた。債務額は二百万円くらいだったらしい。そんなものを抱えていたらいつまでも気分が悪いから、さっさと払ってしまいなさい、とこういうところは妙に胆の据わっている母は言った。毎度のことなので、少々のことでは動じなくなっていたのかもしれない。連れ合いに打ち明けたことで気が楽になったのか、ほどなく父は普段の様子に戻ったという。

父の債務負担の問題は、私が小学生のころにも一度あった。夜中に両親が話していることの断片から、ぼんやりと事情を察していた。私の知らないものを含めれば、さらに何件かあったかもしれない。懲りない人というか、学ばない人なのだ。たんにお人よしというよりは、父の人間的な弱さの一端であると、現在の私は理解している。もともと本人に山師的なところがあるから、頼まれると断りきれないのだろう。

そういう弱さは、私にもある。拒絶すべきところで、拒絶できない。はっきり「だめだ」と言うことができない。だから最初から、危ういところには近づかないことにしている。金銭的なことにかんしては、いまだに免疫がない。カネの話を聞くと、煩わしさが先に立つ。たとえば株価や為替の変動に一喜一憂している人たちのことが、私にはまったくわからない。いったい何を喜んだり憂えたりしているのか。最初から、かかわらなければいいではないか。若いころから半ば無意識に、半分は意識的に、私はできるだけ貨幣に依存しない生き方を心がけてきた。そのように自分の人間性をアレンジしようとしてきた。好意的に解釈すれば、これも父が私に残してくれた遺産と言えるかもしれない。

こんなふうに自分の親の、しかもあまり芳しくない所業を書き連ねていると、さすがにちょっと気の毒な気がしてくる。本人が亡くなっていて弁明できないだけに、こちらとしてもいくらか後ろめたい。そこで口直しに、父の遺した歌のなかで、私が好きなものを何首かあげてみよう。

肌寒き山峡に今日一人来て今年初めての鶯を聞く
落葉がくれに幼な蟋蟀見つけたり雨の合間の夕暮るる庭
雑草に混じりて咲ける野菊の花庭の掃除に惜しみて残す
紫陽花の葉よりも青き雨蛙梅雨の暁その葉に動かず
川の水やうやく澄みてさざ波の輝く秋の真昼静けし

写実か心理主義かといった意識は、もとより父にはなかっただろう。いずれの歌も自然や実体験を詠んだつもりが、ほどよく淡い心理がまとわりついてきた、という造作になっている。

専門家の評価はわからない。子の贔屓目には、小さなもの、ささやかな異変、何気ない出来事をやさしい心で詠んでいて、父らしいと思えるのである。

9

本人が作成した履歴書によると、父は昭和三十七年（一九六二年）に教育委員会から市民課へ移り、そのあと昭和四十年（一九六五年）から同四十七年（一九七二年）まで、商工観光課の係長を務めている。市役所時代の父の姿を、私がもっとも記憶にとどめているのは、この時期だろうと思う。ちょうど小学校の六年間が、すっぽり収まる。

「商工」はともかく、「観光」の仕事は子どもから見ても父に似合っていた。父もやりがいがあったのではないだろうか。もともと文士の接待役として、図書館長に見込まれたような人である。謡って舞って笛や太鼓で場を盛り上げるのは、得意とするところだ。おまけに誰に頼まれたわけでもないのに、南予愛石会なるものを立ち上げ、自ら事務局長を引き受けると、地元で産出する石を全国の愛石家に紹介するなど、これまでも自発的にＰＲ活動のようなことをやってきた。そのために私財を投じ、山まで買い占めたほどの人だ。地元の観光資源を愛し、宣伝することにおいて、父以上にふさわしい人材は、市職員のなかにも少なかっただろう。

父はいささかバランスを欠いた趣味の人であったが、一方で子煩悩なところがあり、休みの日などは家族や子どもたちと過ごすことを好んだ。たとえば土曜日の午後など、小学校から帰った私に、「恭ちゃん、山を見に行かんか」と声をかけてくる。私も父と出かけるのは好きだったので、喜んで同行する。この「山を見に行かんか」が、いまから考えると、石を採るための「山を見に行かんか」だったのかもしれないし、そうでなくても投資などの目論見があった可能性は高い。

とにかく父が私とともに余暇を楽しむのは、釣りにしても採石にしても、基本的に自分の趣味に息子を付き合わせるというスタイルである。子どもたちの趣味に自分が付き合うことは、ほとんどない。たとえば父が観たいと思っている任侠映画に私が付き合うことはあっても、私が観たいと思っている怪獣映画に父が付き合うことはない。そういう子ども向けの映画には、妹と一緒に母に連れられて行くか、友だち同士で出かけることになる。

この家族や子ども同伴のスタイルは、父の商工観光課時代には、しばしば仕事の領域にも適用された。観光の仕事は外に出ることが多い。しかも市がＰＲ活動の一環として企画するイベントなどは、人の集まりやすい土曜や日曜に催されるのがほとんどだ。そういう催しに、父はよく私たちを誘った。本人としては、休みの日に子どもたちと過ごせなくなったことの、埋め合わせのつもりだったのかもしれない。

そんなときのことを、幾つか思い出すままに書き出してみよう。まず映画やテレビのロケの現場を、何度か見学に行ったことがある。当時の有名な役者さんも来ていたはずだが、子どもには退屈で、あまり面白くなかった。とにかく待ち時間が長い。屋外の撮影だから、準備や打ち合わせの時間がほとんどで、撮影がはじまってもすぐに終わってしまう。派手なアクションなどはない。遠くで主人公たちが話をしていても、見学している者には何をやっているのかわからない。そして再び、つぎのシーンの準備と打ち合わせがはじまる。

そういえば、文士の色紙を保存したホルダーに、笠智衆や佐久間良子や渥美清のサインがあった。きっとロケなどで彼らがやって来た折にもらったのだろう。佐久間良子と父が一緒に写っている写真を見たことがある。ずっと時代は下るが、加藤剛と一緒の写真もあったはずだ。市が催すイベントのプログラムに組み込まれた歌謡ショーのようなものは、映画のロケよりは面白かった。いちいち名前はおぼえていないが、テレビでときどき目にする歌手たちが、わりと頻繁に来ていた気がする。

芸能関係の話をつづけると、「ふるさとの歌まつり」というNHKの番組に、私は二回出たことがある。宮田輝の司会で、ひところ人気を博した郷土密着型の歌謡番組だ。番組のなかに、その土地の伝統芸能や風習を紹介するコーナーがあった。私が出演した一回目は、「亥《い》の子」という民間行事を紹介するもので、地元の子どもたちが七、八人で、「亥の子歌」をうたいながら「亥の子石」を搗くという趣向だ。亥の子石とは、カーリングのストーンのようなもので、これに縄をつないで四方八方から引いて上下させるのだが、さすがにステージで再現するにあたり、本物の石ではまずいということで、特別に木製のレプリカが用意された。ところがいつもの要領で引くと、亥の子石ならぬ「亥の子木」は軽過ぎて宙高く舞い上がり、なかなか「搗く」という感じにならない。それで番組のディレクターみたいな人から、あまり強く引かないように注意されたのをおぼえている。

二回目の出演では、「牛鬼《うしおに》」という一種の山車を担いだ。これは宇和島地方では祭りの花形とも言えるもので、七月の和霊《われい》大祭はもとより、各神社の秋祭りなどにも登場する。竹を組んで亀甲型のボディを作り、それを赤い布やシュロで覆ったものが本体。これに鬼の頭と「剣」と呼ばれる尾をつける。悪魔払いの意味があるらしく、本来は数十人の若者に担ぎあげられ、長い首を打ち振りながら練り歩くという、勇壮で荒々しいものだが、これも狭いステージの上での再現は難しい。そこで子どもたちが担ぐ、小ぶりの可愛い牛鬼が登場することになったのだと思う。

首ふりて保手川土手を牛鬼のねりて行くなり竹ボラの音

保手《ほで》川は私の自宅の近所を流れている川。「竹ボラ」というのは、竹に穴をあけてホラ貝のような音を出すもので、地元では「ブーヤレ」とも呼ばれている。大人が担ぐ牛鬼では、子どもたちが吹くのが普通だった。

この牛鬼にかんしては面白いエピソードがある。宇和島の牛鬼は、ときどき全国各地のイベントに呼ばれて遠征することがあった。一九七〇年の大阪万博のときには、道頓堀あたりを練り歩いたそうだ。牛鬼を担ぐのは市内の保存会の人たちだが、父も裏方で同行することが多かった。そういう場合、牛鬼の頭や尾などは送るとしても、大きいものだと五メートルを超える胴体は現地で作るしかない。あるイベントの折、父は保存会の人たちを手伝って牛鬼を作っていたらしい。暑かったのだろう。ランニング・シャツ一枚で頭にタオルを巻き、懸命に作業をしていたものと思われる。そんな父を見て、「横井さんですか」と真顔でたずねた人がいたそうだ。

そう、元日本陸軍軍曹の、あの横井庄一氏である。グアム島のジャングルで人知れず生活していた横井氏が、発見、保護されて二十八年ぶりに日本へ帰ってきたのは一九七二年の冬だった。帰国の模様はテレビなどでも報道され、無精ひげに蓬髪の氏の風貌は、子どもたちでも知っていた。たしかに痩せて頬骨の高い父の顔は、どことなく横井氏に似ていなくもない。おそらく無精ひげも伸び、髪の手入れもしていなかったのだろう。そんな男が竹を切ったり曲げたり針金で結び合わせたりしているのを通りがかりの人が見て、これはてっきり横井氏がジャングルでのサバイバルを再現しているのだと思ったらしい。

市が観光PRの一環として、「宇和島おんど」なるものを作ったことがある。歌詞は市民より公募し、曲は地元出身の作曲家につけてもらうことになった。この東京在住の作曲家に、曲を発注にいく仕事を父がしていた。私が小学生のころだ。東京の出張から帰った父は、旅行鞄のなかから一巻のカセット・テープを取り出した。夜は更け、深夜近くになっていたと思う。当時、発売されたばかりのポータブル・レコーダーにセットして、さっそく聴いてみることにした。両親はもとより、すでに布団に入っていた私と妹も、顔を突き合わせるようにして真剣な面持ちで聴き入っている。

「いいんじゃない？」

「うん、いいと思う」

「そうか」

「ヒットするよ、これ」

「踊るの？」

「いま、振付をたのんである」

　正直なところ、「いっぺんきさいや、おいでなせ。ア、ソレッ」という歌詞は、加山雄三やグループ・サウンズが好きだった小学生の私には、ちょっと能天気過ぎる気がしたけれど、疲れて出張から戻った父の手前、偽らざる感想を口にするのは控えることにした。

　この文章を書きながら、ひょっとしてレコードがあるのではないかと思いついた。物持ちのいい母のことだ、どこかに保存しているかもしれない。さっそくたずねてみると、期待通り出てきた。四十五回転のドーナツ盤で、一九七〇年四月に当時の日本コロムビアから出ている。歌詞はやはり一般からの公募のようだ。ただ「補作」として、のちに演歌歌謡の大家となる石本美由起氏の名前がある。このレコードには、もう一曲「宇和島エレジー」という曲が入っており、こちらも作詞は石本氏で、うたっているのは島倉千代子。なかなか豪華な顔ぶれだったのだ。カバーの写真は宇和島城の天守閣。なかを開くと歌詞カードの他に、「宇和島おんど」の振付写真がついている。いい時代だったのだなあ。

もう一つ、父の商工観光課時代の思い出を書きとめておこう。私が小学生のころには、夏のあいだによく全国レベルの磯釣り大会が開かれていた。豊後水道に臨んでリアス式の海岸がつづく愛媛県南部から高知県にかけては、磯釣りには恰好のエリアとなっている。そこで宇和島を拠点にして大会が開かれることになったのだろう。おそらく主催は愛好家たちの連盟のようなところで、その後援を宇和島市がしていたのだと思う。

全国から集まった釣り師たちは、みんな冬山登山にでも出かけるような重装備だ。彼らの出立ち、持っている道具を見ているだけでも、釣り少年の血は騒いだ。やがて釣り師たちはチャーターした船に何人かずつ乗り込んで、思い思いの釣り場へと向かう。私も家に戻って夏休みの宿題などをする。午後も遅くになると、彼らを乗せた船が帰ってくる。港では釣り上げた魚の計測が行われ、引きつづき表彰式に移るという段取りだ。クーラー・ボックスのなかからつぎつぎに取り出される獲物を見るのは、胸躍る体験だった。なかには五十センチ以上もありそうな、見事な石鯛やグレも含まれている。いつか自分もこんな魚を釣り上げることができたらいいだろうなと思った。

そのころは街の釣り具屋などが主催して、小規模な釣り大会が頻繁に開かれていた。海に恵まれ、もともと釣りが盛んな土地柄だったのだろう。私の家の近所の釣り具屋は、夏休みのあいだ、子どもたちを対象にしたコンテストを開いており、私たちは釣り上げた獲物を競って持ち込んだものだった。すると店の主人が重さを量り、魚拓をとってくれる。それが店の壁に貼り出される。魚の種類は問わない。とにかく重さが問題なのだ。結果は八月末にならないとわからない。それまで一位だったのが、最後に抜かれることもある。私は一度だけ入賞し、賞品にかなり高価な釣り具をもらったことがある。もっとも魚の種類がカワハギだったので、店に張り出された魚拓もなんとなくコミカルで、ちょっと恥ずかしかったのをおぼえている。

大人たちの大会では死人の出たことがあった。私が港へ行くと、男たちはあちらこちらで寄り集まり、声をひそめて話していた。話の内容から事情を察した。どうやら競技に参加していた一人が波にさらわれたらしい。すでに遺体は揚がっており、報せを受けて駆け付けた夫人が、いま確認に行っている。小さな子どもを連れていたという。誰かが「きれいなかみさんだった」と言うのが耳に入った。その言葉は、小学生の私に鮮烈な印象を残した。海に落ちて死んだ男の妻という悲劇的な状況と、赤黒く日焼けした男たちの口から洩れた、「きれいなかみさん」という一言がイメージをかき立てた。いまでも私は、あの事故のことを思い出すたびに、小さな子どもの手を引いた清楚な女性が、途方に暮れたように佇んでいる姿が、ぼんやり浮かんでくる気がする。

10

父が胃癌の宣告を受けたのは昭和五十五年（一九八〇年）の暮れで、翌年の一月に切除手術を受けている。その間のことを詠んだ歌を拾ってみる。

酒断ちて十日を経たり頭冴ゆ新たなるもの見えて来にけり
主治医今癌と洩らせり午后三時吾たじろがず確《しか》と受け止む
妻子等に吾初期癌と笑み告げしが一人となりて涙こぼるる

この年の暮れ、私は大学四年生で、すでに大学院への進学がきまっていたため、少し早めに冬休みをとって帰省していた。だから手術に至る経緯については、身近で見聞きして、わりとよくおぼえている。最初の兆候は胸の違和感だった。前にも触れたように、当時の父は、毎日五キロとか十キロとか走ることを日課にしていた。その際に、胸の痛みをおぼえることがあったらしい。若いころからずっと煙草を吸いつづけていたこともあり、父はてっきり肺癌だと思った。恐る恐る市立病院の呼吸器科を受診して調べてもらったところ、結果はシロで、本人は大いに喜んだ。

ところが追って病院より連絡があり、胸の痛みは胃から来ていることがあり、念のために調べることを勧められる。胃透視か胃カメラで怪しいところが見つかったのだろう。追加の検査があり、採取された細胞は精密検査にまわされる。最初の歌に見える「酒断ちて十日を経たり」というのは、こうした一連の検査が行われていた時期のことだろうか。私が冬休みに帰省した折、父の第一声は「いま、酒を止めとるんで」というものだった。表面は明るく振舞っていたが、内心はどうだったのだろう。本人が「今癌と洩らせり午后三時」や、「一人となりて涙こぼるる」といった歌を残しているだけに、いまから思うと複雑な気持ちになる。

切り取らるる胃袋なればええままよと盃重ね空しかりけり
手術日の早くなりしを告げられて一瞬胸のあやしさよぎる
「生死不二」と唱ふれど吾は空しかり生への執着こみあげて来て

精密検査の結果が出ないうちは、さすがに本人も自重して酒を控えていたらしい。歌集には忘年会シーズンを一滴も飲まずに過ごした、といった歌も見られる。しかし医者の診断は、無情にも「手術の必要あり」というものだった。「どうせ切られるなら飲んじゃえ」というあたりは父らしいが、つづく歌に見えるような手術前の不安や死の恐怖は、そのころ詠まれた歌に暗い影を落としている。

手術は年明け早々に行われた。ストレッチャーで手術室に運び込まれる父を、母と二人で見送ったのは、午前中のまだ早い時刻だった。外で適当に時間をつぶして、午後三時ごろ病院に戻った。予定時間がそのくらいだと聞いていたのだが、父が手術室から出てくるまでに、ずいぶん待たされたおぼえがある。

母と私は執刀した医師たちから、手術の経緯について説明を受けた。一人の若い医師が、私たちの前に無造作に金属の膿盆《のうぼん》を差し出した。そこには切り取られた父の胃袋が載せられていた。通常はけっして目に触れることのないもの、本人ですら見たことがないものだ。私は医師たちの振舞いを、下品で礼儀知らずなものに感じた。癌ができているところには金属のピンが打ってあった。主治医らしい男が、患部は全部きれいに切除したことを強調していた。母は深々と頭を下げ、何度もお礼を言っていた。

大川の水もぬるみて春風は肌に沁みるよ雨の堤に
山峡のいで湯の宿は静かなり昼の湯船に一人しづみて

無事に手術を終え、人心地ついた感じがよく出ている。しかし癌という病気は、病巣を切り取って終わりというものではない。再発の不安などに苛まれるという意味では、むしろ手術を終えてからの苦しみのほうが大きいかもしれない。

死を恐れいね難き夜に繰返す白隠禅師の「内観の法」を
ひたすらに「内観の秘法」唱へ居ていつしか寝し醒めて思ほゆ

ここに一冊の本がある。『白隠禅師―健康法と逸話』というタイトルで、裏に父が墨で「昭和五十六年五月三日福岡にて恭一買求めさす」としたためている。どうやら私が買ったものらしい。昭和五十六年（一九八一年）五月といえば、胃の手術から四ヵ月ほど経ったころだ。その年の四月に、私は大学院へ進学している。おそらく大学の近くの古本屋で買ったものだろう。父にたのまれて白隠の本を探したのか、それとも偶然に見つけて送ったのか、細かいところはおぼえていない。

とにかくこの本を、父は繰り返し読んだ形跡がある。表紙はぼろぼろで、ページのいたるところにマーカーで線が引かれ、小さな附箋がたくさん貼られている。きっと再発の不安を抱え、懸命に読み込んだのだろう。歌に見える「内観の法」「内観の秘法」とは、一種の腹式呼吸法である。その際に、四つほどの句を心のなかで唱えながら、意識を下腹丹田に集めていく。するといつのまにか眠っているという寸法だ。

いま手元にこの本があるのは、十年ほど前に私自身が不眠症になったときに、たまたま実家の本棚で見つけて持ってきたからだ。しばらく試してみた。父はこれで眠れたらしいが、私はだめだった。だいたい「わがこの気海丹田腰脚足心、まさにこれわが本来の面目、面目なんの鼻孔かある」などという難しい文句を四つも唱えながら、この内観の句に思いを凝らし、三、四十分間も心静かに観じてゆきますと……なんて悠長で面倒くさいことができるものか。時間の無駄だ。若いころから禅寺に通って坐禅を組んでいた父には向いていたのかもしれないが、私には向いていない。早々に白隠とは手を切って、医者に処方してもらった睡眠薬を飲み、暴力的に寝てしまうという方法に切り替えた。

癌検診異常無しとの嬉しさに一人となりて涙湧き出ず
人づてに聞きにし癌の特効薬能書をむさぼりて読む

いずれも癌手術の年に詠まれた歌である。読んでいるうちに、痛々しい思いとともに、ふつふつと怒りが込み上げてくる。なぜなら、この気の小さな男は、私自身でもあるからだ。同じ境遇に置かれたら、自分もこのようになることが、私にはわかっているからだ。父の歌を読んでいると、自分が虐げられ、苦しめられているような気がしてくる。

もっとも私の場合は、ろくに苦労もしていないひ弱な人間だから、さもありなんと諦めもつく。しかし戦争を生き延び、社会に出てからは人並みの苦労をしてきたはずの男を、これほどまでに不安がらせ、動揺させ、恐ろしがらせ、小さなことに一喜一憂させる癌とは、いったいなんなのか。いや、癌という病気が悪いのではない。病気に善悪を説いてもしょうがない。病気は病気だし、癌とてただの病気だ。

だとすれば、「癌」という病気をめぐり、この社会でつくり上げられ、共有されているイメージが間違っているのではないか。癌は恐ろしい病気というイメージが、早期発見・早期治療というスローガンが、そうしたものに加担している医療や行政やビジネスが、決定的に悪しきものなのではないだろうか。

一人でも多くの癌患者を救おうと努める医師や、癌を撲滅しようとしている社会が善良なものであることを、私は疑っているわけではない。しかし善良でありつつ、間違っていることはある。善良である人たちが、善良である社会が、善良であることによって、一人一人の患者を苦しめ、追い詰めているということはありうるのだ。

善良で誠実でありさえすれば、何をしたって赦されるというものではない。善良さと残酷さは両立する。誠実さと浅はかさは、相性がいいとさえ言える。あらゆる忌まわしい出来事は、善良さと誠実さから生まれる、と私は思っている。

11

近藤誠医師の曰く、癌には発見の段階ですでに転移している「本物」の癌と、病理検査で「癌」と診断されても他臓器に転移していないため、放っておいても死なない「もどき」の二種類がある。本物の癌は、初発癌発見のはるか以前に転移しているため、治療しても治らない。したがって早期発見・早期治療には根拠がない。

この説によれば、父の癌が手術をする必要のない「もどき」であった可能性は高い。なにしろ父の場合、手術の前にも後にも転移はまったく見られなかっただけでなく、手術から三十年以上、いかなる癌も見つかることはなかったのだから。現在の私は、概ね近藤医師の説を支持しているが、それだけに父のことを思うと複雑な気持ちになる。果たして三十有余年の余命によって、父の味わった不安や恐怖や苦しみは報われたことになるのだろうか。本人はそのことを、どう考えていたのだろう。とりあえず「良かった」と納得していただろうか。そうならいいと思う。

ところで、この古い手術のことが、父の最晩年に至ってにわかにクローズアップされることになるとは、私たちの誰も考えていなかった。去年（二〇一二年）の六月のことだ。春先から父は頻繁に熱を出すようになっており、そのたびに抗生物質が投与され、点滴を受けることもあった。誤嚥性の肺炎を起こしていることは容易に想像がついた。ある日、父が入所している老健施設の医師より呼び出しがあり、私は母と一緒に父の現状について説明を受けた。やはりこのまま口から食事を摂りつづけるのは難しいということだった。医者は人工栄養法として胃《い》瘻《ろう》を勧めた。

はて？「もどき」であったかどうかはともかく、父の胃はほとんどが切除されているのだから、胃瘻を造設することはできないはずだ。そのことを母が指摘すると、医者ははじめて気づいた様子だった。粗忽なやつだ、と私は思った。手術歴のことは、カルテにもちゃんと書いてあるだろうに。自らの失態を取り繕うかのように、医者は「それじゃあ」と言って、事もなげに中心静脈栄養（ＩＶＨ）を勧めた。なにが「それじゃあ」だ。

私はＩＶＨを、あくまで一つの延命手段と考えている。もちろん手術後の一時的な栄養補給として使われることは知っている。しかし父の場合、おそらく脳に原因があると思われる嚥下障害によって、経口摂取が困難になっているのだから、ひとたびＩＶＨを入れれば、嚥下機能は確実に低下していくだろう。経口に戻すことは困難だし、認知症だって進むかもしれない。それ以上に、生きる意欲そのものがなくなってしまうのではないか。

どっちにしても老健施設では対応できないということで、同じ医療法人が経営する病院へ移ることになった。転院先の医師も、やはりＩＶＨを勧めた。このまま口から食べつづければ、命の保証はできないような言い方までする。だが父の頭はきわめてクリアだ。加えて食への健全な欲求をもちつづけている。その欲求を奪われれば、父の日常は、食べることの訴えによって塗りつぶされてしまうだろう。

すでに述べたように、私たちは迷った末にＩＶＨを断り、今後も誤嚥性の肺炎を繰り返すことを覚悟で、父に口から食べさせつづけることにした。胃瘻ならまだしも、消化器系にまったく問題のない状態で高濃度の輸液に頼ることは、どう考えても時期尚早という気がした。また食という、本能にも根差した欲求と、何より自分の口で食べたいという本人の意思は、たとえ命取りになるとしても尊重すべきだと思った。

「お父さんだって、口から食べたいでしょう」

「食べたい」

「性と食が人間の動物的な部分だからね。性はともかく、食まで失ってしまったら、動物ですらなくなる。そんな状態で生きていたってしょうがないじゃない」

「そうだな」

「もう一度、お父さんのなかの動物を目覚めさせるんだ。死ぬまでがんばって自分の口で食べようよ。それで肺炎を起こして死んだら本望じゃない」

「そうかな」

父の言葉はますます切り詰められるようになっていた。おそらく嚥下機能の低下と関係があったのだろう。誤嚥を防ぐため、食事は看護師の手で与えられた。私たちが立ち会うと、父は流動食にとろみをつけたものを上手に呑み込んでいる。病院側にお願いしておいた嚥下訓練も、少しずつではあるが順調に進んでいるように見えた。やがて食事の量は当初の二倍になった。このままうまく行くかに見えた。

異変が起こったのは、転院して一ヵ月余り経ったころだった。前々から痛がっていた右足の指先に、急速な増悪傾向が見られ、緊急で血管外科のある総合病院へ転院した。エコーとCTによる検査の結果、右下肢急性動脈閉塞症と診断された。動脈が詰まって血行障害を起こし、足が壊死してきているのだ。すでに助からない状態ということで、切断を勧められる。「切断」と聞いただけで、血の気が引く思いがした。

パソコンのモニター画面に、全身の血管映像が映し出されていた。最新のコンピュータ・グラフィック技術によって、立体的な映像をあらゆる角度から見ることができるようになっている。若い医師が血管の詰まっている部位を示した。血栓や塞栓は至るところにみとめられた。とくに右の腹部動脈から下肢動脈にかけては広範に詰まっている。医師は今後の治療方針を説明した。まず腹部にバルーン・カテーテルを入れて、その部分の血栓塞栓を除去する。これで下肢動脈までの血流は、ひとまず回復するだろう。しかし脛から下の部分は、すでに細胞が壊死しており、どうやっても助かる見込みはない。

選択肢は二つだった。一つは切断。この場合は予後を考えて、膝から下を切断することになる。もう一つは、神経を遮断することによって痛みだけをとり、足を壊死するにまかせるという方法だ。感染などが起こらなければ、足は炭化して真っ黒になるらしい。どちらも恐ろしいが、他に方法はない。ただ「切断」よりはマシという理由で、私たちは「スミスウィック」と呼ばれる末梢神経遮断術を父に施してもらうことにした。

血栓塞栓の除去手術と、末梢神経遮断術を受けたのが七月末で、その後、一ヵ月ほどは経過も順調だった。つまり父の足は順調に腐っていった。感染を防ぐため、毎日二回の消毒がつづけられた。壊死したほうの足は、踝から先が清潔な包帯で覆われていたが、それでも病室にはかすかな腐臭が漂った。八月も終わりに近づいたころから、三十八度前後の発熱がつづくようになった。明らかな感染傾向だった。敗血症を起こす懼れも出てきたため、再び血管外科のある病院へ転院し、八月末に右膝の切断手術を受けた。

罠に落ちたようなものだった。これ以後、父も私たちも、つぎからつぎに立ち現れる新たな障害に、熟慮する時間もなく厳しい対応を強いられつづけることになる。しかも生涯の時間が終わりに近づくにつれて、父を捕えている罠はますます冷酷で、執拗で、情け容赦のないものになっていった。

12

シビアな成り行きになってきたので、息抜きを兼ねて少し別のことを書いてみよう。私が小学校に上がる前の話だ。

堀端町の市立図書館に住んでいたころ、おやつはいつも正門前の芳谷商店で買っていた。ガラス瓶のなかに入った量り売りの駄菓子が、十円で小さな紙袋に一つぶんくらい買えた。昭和四十年（一九六五年）前後のことである。芳谷商店は子ども相手の駄菓子屋というわけではなく、日用品や惣菜なども売っている万屋だった。いわゆる掛け売りもやっていて、母などが買い物をするときは、店のおばさんが白い表紙の帳面に金額などを書き込んでいた。顧客ごとに専用の帳面が用意されていたように思う。私もときどき「付けとってや」といって、母にたのまれた買い物をすることがあった。ここで売られていた小判形のコロッケの味は忘れられない。

芳谷商店の隣は「お富」という屋号のうどん屋で、共働きの両親が残業のときなどには、よく出前をとっていた。そのころのうどんは、ライスカレーや焼き飯と同じように一つのメニューで、「うどん」と言えばただ一種類のうどんであった。おれはゴボ天、わたしは月見……といった、面倒くさい注文の仕方はしなかった。「お富」のうどんには、小エビのかき揚げが入っていた。こいつを汁のなかに沈めて、ふにゃふにゃにして食べるのが好きだった。丼には木の蓋がついていて、その上に割り箸が添えてある。割れているほうに、小さな袋入りの唐辛子が挟んである。唐辛子を振りかけ、割り箸をパキンと割ると、ちょっとだけ大人の気分になった。

堀端町と広小路のあいだの通りには、昔から医者が多かった。産科、小児科、内科、外科、歯科、耳鼻咽喉科……ほとんどの専門医が揃っていた。便利な町かもしれないが、子どもたちにとっては面白くもなんともない。それで乏しい遊び場の一つが、図書館の構内ということになる。まだ子どもたちの地縁社会が残っており、陣取りやかくれんぼをする場合は、最年長者が各チームのリーダーとなり、ジャンケンでメンバーを一人ずつ指名していく。遊びがエスカレートして騒々しくなると、よく館長さんに叱られた。ふてくされた私たちは、「じゃあプラモデルで遊ぼう」などと言って、各所へ散っていくのだった。

父はちょっとした用事を片付けるために、ときどき私を連れて、勤めていた市役所に立ち寄ることがあった。現在の南予文化会館のところだ。大正末期に建てられた石造りの建物は、いかにも「お役所」といった感じで厳しかった。市役所の近くに柳町という呑み屋街があり、角打ちに毛の生えたような小さな店がたくさん並んでいた。父の行きつけは「岸」という居酒屋で、一癖ありそうなおばさんが一人でやっていた。そんなことをおぼえているということは、何度か一緒に行ったのだろうが、いったいどういうつもりで、父はそんなところへ学齢前の子どもを連れて行ったのだろう。

あと菊緑劇場の裏にあった「にわ加」というおでん屋も懐かしい。ここには家族で出かけることが多かった。何十年も使いつづけているという煮込み汁でコトコト煮られたおでんは、子どもながらに美味しいと思った。このあたりが本町追手《ほんまちおうて》で、少し行くと中央町、アーケードのある商店街になる。小学校に上がるまで、目当てはヤマザキ、大久保、玉六という三つの玩具屋だった。新橋デパートにも玩具売り場があって、ときどきプラモデルなどを買っていた。たしか「新橋銀天街」などとも言っていた気がする。昔の地方都市の商店街には、ゴージャスな夢が溢れていた。

和霊神社の夏祭りが近づくと、商店街では毎週土曜日に夜市が開かれた。それぞれの店が趣向を凝らし、商店街は夕涼みがてら出てきた人たちでひときわ賑わった。私も風呂上がりの首にシッカロールを付け、両親とともにあずま食堂などでお子様ランチにクリームソーダという豪華なディナーをいただくのだった。帰りに何かちょっとしたもの、浮き袋や水中眼鏡、花火や麦藁帽子など、あまり高価でないものを買ってもらうのも楽しみだった。そうして夏休みが着々と近づいてくる時期が、一年中でいちばん幸せだった。

13

死にたいする感受性は、人によってかなり違う。病的に恐れる人もいれば、それほどでない人もいる。医療従事者だから、うまく対処できるというものでもないだろう。特権的なものは何もないと考えたほうがいい。医者であろうと聖職者であろうと、怖いものは怖いし、苦しみや絶望を免れるわけでもない。

そもそも医学が、人間を根本的に救うことはありえない。医学や生物学が扱うのは生命現象である。したがって死は生命活動の停止であり、生命システムの破壊として説明される。その先には何もない。すなわち終焉であり、あらゆる関係の断絶であり、完全なる虚無である。いくら考えても、それ以上のものは出てこない。こうした医学や生物学が定義する死にたいして、私たちの多くは恐ろしいとか、悲しいとか、寂しいといった感情を抱くのだと思う。

いくら医学が進歩しようとも、人間が死から解放されること、病を克服するという意味で死を克服することはありえない。つまり根底にある事実は、一ミリたりとも動いていないわけだ。人間は死すべきものである。なぜ、そうなのか。どうして死はあるのか。人によって生命の時間がまちまちであること、長寿であったり短命であったりすることを、いかに受け入れればいいのか。さらに言えば、医学が進歩して延命が可能になり、生命として地上にいられる時間が延びたとして、そもそも私たちはなんのために生きているのか。以上のようなことがすべて諒解されないかぎり、死が本来的に生にたいする脅威としてある事実は、わずかながらも変容することはない。私たちが死に向かいながら、自らを救うことができないという状況は、何も変わらないだろう。

四季は、なほ、定まれる序あり。死期は序を待たず。死は、前よりしも来らず、かねて後ろに迫れり。人皆死ある事を知りて、待つことしかも急ならざるに、覚えずして来る。沖の干潟遥かなれども、磯より潮の満つるが如し。　（第百五十五段）

吉田兼好が『徒然草』のなかで述べているように、通常、死は私たちの視界の外にある。誕生したときから、刻一刻と死に向かって生きているという冷徹な事実は、とりあえず忘れて、目の前のことに没頭している。それが「日常」ということだ。明日をも知れぬ身であるから、「ただ今の一念、空しく過ぐる事を惜しむ」（第百八段）べきなのだろうが、これを忠実に実行しようと思えば、仏門に入るか隠遁でもするしかない。だから世俗の者にとって、死はまさに不意打ちのように、「後ろに迫れり」というふうにして姿を現す。

父にとっては癌の告知が、そのようなものだった。このとき姿を現した死は、長く父の視野から消えることはなかった。癌という病気の予後とは、日常のなかに死が絶えず入り込んでくることを意味しているのかもしれない。

老い故か癌再発か気だるさに身をもて余す今日の休日
何するも心の晴れずそのかみの見へぬ病巣に戦きてをり
朝課《ちょうか》さへ無意味と思ふけだるさは老ひの憂ひか癌再発か

死にたいして、人はある程度まで潔くなることができる。死ぬことは仕方がない。いくら悪態をついても、最後は諦めるしかない。ある場合には、死は救いであり、解放でありうる。死そのものが人を苦しめることは、むしろ少ないと言えるかもしれない。まして父は戦争による死を、一度は覚悟した世代である。その父にして、この怯えようだ。癌は戦争より厄介でたちが悪い、とも言える。

父の日常に翳りをもたらしているのは、死の直接的な予兆ではない。死の前に立ちはだかる不透明なもの、生と死のあいだでうごめく何かが、絶えず干渉して父を苦しめているのだ。それは「再発」という言葉のまわりに広がるイメージであり、「再発」が現実のものになったとき、再び医療にとらわれることの煩わしさ、そのなかでされるがままの無力な存在になることへの嫌悪感などである。

胃カメラの検査良好を電話にて妻に告げつつ嬉し泣きす吾は
検査終え異常無しと告げらるる主治医の顔を嬉しく拝む

最初の歌は手術から二年後、二首目は四年後に詠まれたものである。それだけの時間を経てもなお、再発の不安は少しも薄らぐことなく、父のなかで切迫した臨場感を保っている。あらためて癌をめぐる医療にたいする大きな疑問が湧いてくる。それは果たして良いものなのだろうか。私たちに幸をもたらすものと言えるだろうか。

たとえば現在、癌のスタンダードな治療法とされている手術、抗癌剤、放射線は、いずれも見方を変えれば、身体に加えられる熾烈な暴力である。生きている人間の腹を切り開き、臓器の一部を切り取る。こうした血なまぐさい暴力が、一切の刑事罰に問われないのはなぜなのか。それどころか私たちは、医者の言いなりになって、医学的な暴力の前に自らの大切な身体を差し出す。さらに切り刻まれた肉体をベッドに横たえ、自分を切り刻んだ者にたいして、涙を流さんばかりに感謝したりもする。おかしくないだろうか？　おかしいのは、こんなことを考える私だろうか。

それぞれの時代に、同時代の者たちを閉じ込める思考や認識の枠組みが存在する。その枠組みのなかで、私たちが受け入れている真理が形作られる。さらに真理によって正当化される権力、すなわち法や権利や規則体系や実践の仕組みが生まれる。ミシェル・フーコーが「装置」と呼ぶものだ。私たちを取り囲むようにして作動している、知と権力と真理の装置である。こうした装置のなかに、医療行為も組み込まれている。ゆえにいかに残酷な暴力行為であっても、医者が罪に問われることはない。それどころか由緒正しい治療行為として、報酬の対象にさえなる。

癌患者になるということは、まさに知と権力と真理の装置にとらわれることである。もちろん医者も同じ装置にとらわれている。より正確に言うなら、医者はこの装置によって生み出され、患者とともに装置を支え、維持していくことに奉仕する。しかし完璧な装置というものはありえない。どんな装置も歴史的であり、時代とともに否定され、修正されながら現在に至っている。そして現在だけが特別であると考える、いかなる理由もない。

私たちが受け入れている真理も、確実に誤謬の可能性を孕んでいると言える。人間の歴史を振り返ったとき、過去はさながら死せる真理の墓場といった様相を呈している。いまは医学的に正しいと考えられていることも、いずれ死せる真理となる確率はきわめて高い。癌治療も例外ではない。現在、癌にたいして標準的に行われている治療は、百年後には間違いなく、一般の人たちを驚かせ、少なからず戦慄させるものになっているだろう。そのことに私は確信をもっている。

確信をもっているからといって、現在という水槽の外に出られるわけではない。それが知と権力と真理の装置の手ごわいところだ。だから個人的には、できるだけ医者にかからない、検診は受けない、病院に近づかないといった防衛策を講じている。それこそ自己責任の問題だから、他人に勧めるつもりはないけれど、医療にたいしては一人一人が自分の判断で、好きなようにするのが原則だと私は思う。

父のことに話を戻そう。癌という病気を経たあとの父の日常は、常に再発の不安をともなうものになっていった。とくに手術のあとの数年間は、その気配が濃い。生きていることの喜びと、病気が再発することへの不安、二つの感情のあいだで、歌は大きな振幅を描いている。

体調の快復しゆく今年こそ客を招きて祭り祝はむ
長生きは到底出来ぬとふと思ひ客の帰りて一人淋しむ

いずれも手術の翌年にあたる、昭和五十七年（一九八二年）の秋に詠まれたものである。私の郷里では、それぞれの地区の氏神祭に、客を招いたり招かれたりする風習がある。胃の切除手術から一年半余りを過ぎて、ようやく体調も落ち着いてきたから、今年は秋の氏神祭に友人や知人を呼ぼう、という一首目の歌。しかし宴が終わって客が帰ってしまうと、いつもの病気への気がかりが頭をもたげてくる。一日のうちで、数時間のうちで、あるいは一瞬ごとに、気持ちの明暗は推移して止まなかったかもしれない。再発の不安を抱えて生きるとは、おそらくそういうことなのだろう。

目に見えぬもののお陰に生かさるるこの身尊く思ふ年の瀬
癌切りて三年経にけるこの命有難ければ尚慎しまん
健やかにこの残生のあれかしと朝の散歩は欠かすことなし

大きな病気を体験すること、深刻な危機をひとまず乗り切ることは、延命とも誕生とも感じられる。この世に再び生を享けた者として、父は赤子の心で世界を体験しているように見える。とはいえ、彼は生まれたばかりの赤ん坊ではなく、分別も経験もある大人だ。そこから「生かされている」という感覚がやってくる。日々を、年々を生かされていることへの感謝の気持ちが生まれてくる。生きているとともに生かされている。さらに毎日の生活のなかで自らの奢りを戒め、不摂生を反省することで、病気の再発は遠ざけられる。そう思い込むことが、心の支えにもなる。

個を守るほかなき道の夕暮は心おのづと安らぎてをり
露の降る音さえ聞こゆ暁を趺坐する吾の命いとしく

閑閑と生きむと決めて丑年の吾は安けし大晦日の夜

これらの歌を、生への消極的な態度と断ずるのは、父にたいして少し厳し過ぎるかもしれない。病が重いとき、予後の不安があるとき、誰もが多かれ少なかれ、一種の気の弱りを体験する。それは生きることにたいして、私たちを謙虚にもすれば内省的にもする。同時に、私たちの生を消極的で自閉的なものにする。真に病気から快復することは、消極性や自閉性を基調とする、長い後遺症の時期から快復していくことでもあるだろう。

たとえば先の三首に詠まれた心境などは、ほとんど出家や隠遁に近いものに思える。あるいは神仏への帰依に近いものとも言えそうだ。何かをしなくても、生きていることの意味は、ただ生きていることによって与えられる。生きることが意味なのだ。生きていることが、生きることに理由を与えてくれる。病気という悪条件が、彼の存在を正当化してくれる。死の危険に瀕していることで、彼の生存権は成立する。死なないために生きる。それだけで充分だ。

たしかに充分なのだけれど、私はこれらの歌に、どこか不健康なものを感じ取ってしまう。気分的な出家や隠遁を否定するつもりはない。自分にもそういう資質はある。気持ちが弱ったときは、誰でも「わび・さび」や「もののあはれ」の境地に惹かれるものだ。それは日本的な自閉と退行のかたちであるとも言える。その内実は、社会や外界との関係を断ち切り、他者を煩わしいものとして締め出すことではないだろうか。

そこに私が感じる不健康さの原因もある。この時期に父がつくった歌からは、「他者」が欠落しているのだ。もう少し控えめに言えば、他者の存在が希薄である。頑なに拒んでいるわけではないにしても、ごく自然に遠ざけられている。生きることは、わが身を中心とした、ごく狭い範囲に限定されている。詠み手の意識は、自分という個の生命にのみ向けられている。その内向性や自閉性が、私には不健康なものに感じられる。

14

したがって病気のあとの気の弱り、長い後遺症の時期から抜け出すことは、他者や外界との交流を回復し、自分を取り囲んでいる世界にたいする視野を取り戻していく過程であるとも言える。こうした過程は、父の作歌においては、二つの契機をもったように見える。一つは物質的な身体への回帰であり、もう一つは自然への回帰である。

本当は、出家や隠遁の気分で過ごしたかったのかもしれない。しかし手術を受けたときの父は五十五歳で、なお五年ほどの役所勤めを残していた。おまけに長男である私は、これといった展望もなく大学院へ進学し、当分はカネもかかるし手もかかる。そんな事情もあって、父は役所勤めを継続していくことになる。毎日、職場に出て大勢の人に会い、言葉を交わし、仕事を片付けていく。少なからず辛く感じることもあっただろう。精神的なきつさよりも、いまは肉体的な辛さのほうが勝っている。

健康に恵まれし日の恋しくてうだる暑さに泣けてくるなり

この暑さ身をもて余す予後の身に蝉時雨して日の照り盛る

作品としての体裁など捨て、ただ実感だけで詠まれた歌のように見える。こうした率直さは、父が生涯失わなかったものだ。取り繕うことが苦手な人だった。悟り澄ますことのできない人だった。凡庸で、多分に通俗的な人だった。そのような父を、私はいくらか軽んじ、乗り越えようとしてきたものだが、死なれてみると、みんな美質のように思えてくる。死者の美化がはじまっているとも言えるが、死者としての父が、私にたいして批評性をもちはじめているとも言える。

「生死不二」と唱ふれど吾は空しかり生への執着こみあげて来て

あらゆる実体化したものは仮象であり、本質はあくまで空無である。これが大乗仏教の基本的な考え方だろう。生きることも死ぬことも、いわば宇宙論的な空無のなかで解決されていく。父が若いころから親しんだ禅宗は、坐禅や呼吸法によって、知覚的に認識されるものはすべて仮の姿であり、本質的には無であるというレベルにまで意識を同調させること（無心）をめざし、その境地を「解脱」や「悟り」と呼んでいたはずだ。

だが常人には難しい。とても難しい、というのが先の歌。いくら「生死不二」と自分に言い聞かせてみても、「生への執着」は簡単に捨て切れるものではない。物質的身体として分節化された、死すべき「私」が色濃く立ち現れてくる。それが普通だ。心に憂いなく、身に障りなく、そんな境地で生きることができれば理想だけれど、現実は思うようにはいかない。思うようにいかないから、束の間、薄日が射すようにして訪れる心身の平穏を、恩寵のようにも感じる。

病みし身は敏感にして立秋の風の清《すが》しみ心安らぐ
風さやか青葉に匂ふこの朝は思ひかけずも体調の良く

得難いものであるから貴重である。その希少さのなかに、生きることの喜びと悲しみがある。また寂しさがある。つまり世界の享受がある。ときには病気もするし、最終的には死を運命づけられている。そのようなわが身をもって生きるからこそ、この世界は享受の対象となる。享受することは、差異化することでもある。つぎの二首は、ささやかながら、世界を差異化できていると思える歌。

五月雨の降り継ぐ夜更けを一匹のひ弱き蚊にして吾が手を這へり
屠殺場に群れる烏は丸々と肥へしが多し吾を見くびる

歌を詠んだ本人には悪いが、なかなかいい歌だと思う。たんに事実や情景を描写しただけのように見えて、背後に小さなドラマがある。そのドラマは、病気や癌に特定しなくてもいいものだ。深刻な主題をはずしたところで、これらの歌は成り立っている。言い方を変えれば、主題の痛切さは歌の背後へ退いている。だから私たちは、ひとまず写実の歌と受け取りながら、「ひ弱き蚊」や丸々と肥えた「烏」に、何か象徴的なものを読み取ることができるのだ。それは歌の作者が、生命の危機と病後の心身の弱りを経た独自の目で、自分と世界を見ることができているからだと思う。

いかに卑小な自分と世界ではあっても、そこが文学の出発点だ。この出発点から、一人の表現者が生まれる。可能性として、読み手の共感が生まれる。共感を通して、人と人がつながる。それが文学だと、私は思う。しかし父の場合は、出発点が到達点であった。私の見るところ、先に挙げた二首あたりが、父の歌としては最上のもので、そこから広がっていくことも、深まっていくこともなかった。その程度の打ち込みようであったとも言える。

もう一つの方向性、すなわち自然への回帰に重きを置いた歌についても見ておこう。

病む命うち忘れたく野に来れば野菊かなしく吾に靡ける

『癌病』を否定し乍ら野辺を行き泣き度き迄に愛し野菊の花

歌としての良し悪しを言ってもしょうがない。これが詠み手の実感であり、そのとき生きていた時間なのだ。ここでも父は愚直なまでに正直である。取り繕うことも、悟り澄ますこともない。おろおろしながら生きている自分を、素直に詠んでいる。もう少し見栄を張ってもよかったのではないかとさえ思う。ただ悪い歌かというと、そうとも言えない気がする。主題の切実さと、言葉にたいする率直さに、なんとなく好感がもてるのだ。
もう少し主題が引っ込んだところで、似たような自然詠の歌を拾ってみる。

雑草の中に痩せ咲く野菊なりかそかにそよぐ生の愛しき
雨に濡るる瓜の葉に居る青蛙瞑想するらし坐禅するらし
老ひぬれば殊更愛し朝ぼらけ梅雨蟋蟀の鳴くを聞きつつ

か弱い草花や、健気な小動物たちに自身を重ね合わせ、生き物たちとの交感に慰められている、という趣向の歌だ。先の二首に比べると、ずいぶん短歌らしくなっている。少し余裕のあるところで詠まれているぶん、歌のリズムや音韻も整っている。悪くない。悪くはないけれど、いくらか耳障りな前掲の歌に比べて、感銘が深まっているかというと、そうとも言えない気がする。主題の切実さが遠のいたぶん、いくらか作為的なところ、自己劇化とも言えそうな傾向が出ている。私は実作者でないからよくわからないが、このあたりが歌を詠む難しさかもしれない。

それはともかく、父が心を惹きつけられるのは、いつもささやかな自然、小さく慎ましやかな自然だ。けっして荒々しく、雄大な自然ではない。これは父のつくる歌全般に言えることだが、とくに再発の恐れとともにあった数年間、そうした歌を多く詠んでいる。素人目に見て、いいなと思える歌をつぎに挙げておく。

紋白蝶一つ舞ひ居る大川の真昼の秋の寂さに逢ふ
小雨降る峡の径辺に栗の実のはじけこぼれて秋深まりぬ

淡々と自然を詠んでいながら、ほどよく詠み手の感情や情緒がまとわりついている。出過ぎず引っ込み過ぎず、バランスがいいのだ。作者が父だということを知らなければ、技巧的な歌と受け取ってしまいかねない。意識的にやったわけではないのだろうが、かなり主観的に題材を選び、風景を切り取っているように読めてしまう。たとえば一首目の、紋白蝶が舞う川べりの風景は、「寂さに逢ふ」という主観から選びとられたもののように見えるし、山間の小道に落ちた栗の実が、雨に濡れながらはじけているという情景は、「秋深まりぬ」から選びとられているように見える。そうした選択の仕方、情景の切り取り方が作為的と感じられないのは、歌のリズムと言いまわしが自然であるからだろう。

15

マルセル・プルーストの『失われた時を求めて』は、二つの道をめぐる物語でもある。主人公が幼年時代にしばしば滞在したコンブレーには、二つの散歩コースがあった。それぞれのコースは方角によって、「スワン家の方」（または「メゼグリーズの方」）と「ゲルマントの方」と呼ばれている。

それというのも、コンブレーのまわりには散歩のための二つの「方」があって、それがまったく正反対なので、実際どちらの方へ行こうとしても、他の方へ行くのと同じ門から家を出ることはなかったからである。その一つはメゼグリーズ＝ラ＝ヴィヌーズの方で、そちらへ行くにはスワン氏の所有地の前を通るので、これはスワン家の方とも呼ばれていた。他の一つはゲルマントの方であった。（鈴木道彦訳）

さしずめ父の場合、五十代後半から長く滞留することになる病後の快復期に、身体への回帰の方と自然への回帰の方という、二つの歌の道があったことになる。メゼグリーズの方とかゲルマントの方とか、洒落た名前で呼べないのは残念だが、プルーストの小説と同じように、これらの道は最終的に出会い、一つに融合していったように見える。

胃癌の手術を受けたあとの父が、身体や自然への回帰に重きを置いた歌をたくさん残している理由について考えてみよう。まず言えることは、父が歌に詠んだ身体や自然は、普段は透明で見過ごされているということだ。私たちが身体を意識し、自分の身体を他人のように感じるのは、たいてい体調のすぐれないときである。なんらかの不具合が生じているとき、それまで寡黙で透明であった身体は、にわかに自己の存在を主張し、不透明な実在感を帯びてくる。これが身体への回帰の実情であるように思う。

このとき私たちは、身体を時間として経験していると言っていい。病むことは時間にとらわれることである。発熱や痛みや嘔吐とともに、私たちは不透明で物質化した時間のなかにとらわれる。心の病いの場合も同じだ。鬱病とは、時間が流れなくなる病気と言うこともできる。この種の時間を、父は手術を控えた病室での日々にすでに経験していたはずだ。

流れ行く刻を尊く思ふのみ無策に過ぎゆく病床の吾は

身体とは時間である。身体へ回帰することは、したがって時間への回帰を意味している。しかも父の場合、時間への回帰は両義的であった。癌という病いを体験した者にとって、それは病気から遠ざかっていく快復の時間であるとともに、老いや死へと運ばれていく時間、さらには再発の可能性を孕んだ時間とも言える。

こうして時間は希望であるとともに、不安を帯びたものになる。この社会には、癌の以前と以後という二つの時間があるのかもしれない。少なくとも父の場合は、癌という病気を病むことで、明らかに時間の質が変わっている。現在から未来へと流れる時間のどこかで、再発という耐えがたい事態が生起するとしたら、この耐えがたい時間に耐えるには、どうすればいいのか。一つの方法は、時間を微分することだ。一ヵ月、一年とひとくくりにして流れていく時間を堰き止め、いま、この瞬間が積み重なっていくものとしてとらえること。

なぜなら、この「いま」のなかに再発の可能性はありえないからだ。あまりにも短い時間は、癌の再発には不充分で、そのような「いま」を積み重ねていけば、再発も死も永遠に遠ざけておけると、積極的に錯覚できるからだ。再発や死の不安によって、外側の時間が追い詰められていくのなら、内面的な時間のほうも濃縮して、それに耐えられるだけの内圧をもたせなければならない。

このとき自ずと、普段は見えていなかった自然が可視化されてくる。身体の不調を契機として、透明であった時間が不透明になり物質化するように、それまで見過ごされていた自然が、何かと目にとまるようになる。耐えがたい時間が微分され、時間とともに意識が微分されていくことは、意識の対象となる世界の解析度が上がっていくことでもある。ささやかな自然、小さく慎ましやかな自然への眼差しは、こうして生まれてきたもののように思える。人間の時間は忙し過ぎる。動物的な時間でもなお速過ぎる。微分された時間のなかで父の目がとらえるのは、蝶のゆるやかな舞いであり、虫たちの小さな営みであり、植物たちが見せる四季の移ろいである。

時間は残酷で、自然は慈悲深いと言うべきだろうか。時間は一方向に流れるが、自然は循環し、回帰し、反復する。それが「生命」という言葉にたいして私たちがもつ、根源的なイメージだ。古代より人間の営みのなかには、かならず循環し、回帰し、反復する要素が取り入れられている。あらゆる神話、宗教、伝統的な風習、民間行事は、循環と回帰と反復を大きなモチーフとしている。ところが近代の時間、とりわけ資本主義の時間には、こうした要素が含まれていない。それは老いや死に向かって、一方向的に流れる時間でしかない。そのなかでは生きることのモチーフを、「延命」以外に求めることができなくなる。これが私たちの生を取り囲む寄る辺なさ、殺伐とした感じの原因だと思う。

言い換えれば、かつては伝統や習俗に含まれていた循環や回帰や反復の要素を、現在の私たちは各自で工夫して、人生のなかに取り込まなければならない。欧米の社会におけるニューエイジやエコロジーは、間違いなくそうしたモチーフを含みもっている。父の歌にあらわれる自然への親和性も、似たような意味をもっていたと言えるかもしれない。そこでは自然は最初から和解の対象としてとらえられている。たとえば十九世紀のアメリカ文学に見られるような、自然との摩擦や軋轢によって自分のなかの生命力を掻き立てるといった志向性は、きわめて稀薄である。違和感を喚起するような自然はあらかじめ排除されている。やや批評めいた言葉を弄すれば、そのことが父の歌をスケールの小さな、表面的なものにしているとも言える。しかし私は、ここで客観的な批評をするつもりはないので、歌の根本的な弱点には目をつぶって先へ進む。

私たちが生きることとは、時間を一方向的に生きることであり、人生において回収できるものは何もない。だからこそ、循環し回帰し反復する自然の営みに、しばし足を止め、目を凝らしたくなるのだろう。すると普段は目につかない、か弱い草花や小さな虫たちの営みのなかに、絶えることのない確かな生命がある。その永続性を、慰めとも労りとも感じながら、健気で慎ましい自然の営みに、父は同調し、同化したいと願ったのかもしれない。

手に掬ふ夏の光惜しみつつ水音澄める川辺を歩む
懐に入り行く風を楽しみて川の流れの中に影おく

どこにも無理がない歌という印象を受ける。身も蓋もない言い方をすれば、修辞的な苦労をしていない（と思える）わりに、歌が湛えている詩情は意外と豊かである。それは起句から結句まで、歌が心地よく流れているからだろう。リズムはゆるやかで、抑揚はなだらかだ。尖ったところがない。音韻的にも言いまわしとしても、短歌的な装いをはみ出すものは含まれていない。そこが物足りないとも言えるが、私の個人的な好みからすれば、ここに見られる透明な詩情を諒としたい。

では切実さが消えているかというと、そういうわけでもなさそうだ。父のなかにありつづける生命の切迫感みたいなものは、ここでも歌の情緒を支える大きな要因になっている。ただ深刻な主題は背後へ退き、歌のリズムや抑揚に色合いをつける程度のものとして扱われている。そのため上の句がもたらす余韻のなかで、病後の不安や死の恐怖を抱えて歩いているかもしれぬ人物は、歩みを進めるごとに透明な光のなかへ溶け込んでいくようなイメージを喚起することができている。その静けさ、涼やかさが、作者の自画像でありながら、誰でもないものという印象を与える。

身体への回帰と自然への回帰、二つの方角へ進んできた道が、これらの歌では一つに融合し、静謐な透明感を生み出している。それは身体の時間と自然の時間が同調し、融合することを意味している。「手に掬ふ夏の光惜しみつつ」と「懐に入り行く風を楽しみて」という上の句が、同じそうした融合点にあたっている。ここでは身体を詠むことと、自然の風物を詠むことが、同じ意味をもっている。等価なものとして扱われている。この均衡点が、父のたどってきた二つの道の出合うところであり、身体の時間と自然の時間が同調し、融合するところだった。

一つ種明かしをしておくと、これまでたどってきた歌の軌跡は、創作の時間に副ったものではない。私から見て出来がいいと思える歌は、かならずしも時間を追って出てきたものではない。父の歌の到達点は、時間的にもたらされたものではなく、多分に偶発的で、その時々ののである。つまり日々の研鑽による達成ではなく、資質と体験だけで詠んだ歌のなかに、たまたま出来のいいものがある、という感じなのだ。このあたりが歌を本業とする者ではなかった所以だろう。

さらに公正を期すために言い添えておけば、父には常に歌を添削してくれる先生がいた。私が挙げた歌にも、先生の手が入っていないとは言えない。ただ、その介入は、父の持ち味を削ぐものではなかったように見える。出来不出来はともかく、どの歌も父らしく、いま読んでも充分に、亡くなった父を感じさせてくれるからだ。

16

ここまで書いたところで、稿を起こしてから一ヵ月が経った。私としては、わりに速いペースで書き進んできたことになる。もう少し書きあぐねるかと思ったけれど、意外と難渋しなかった。一つには、書くことがたくさんあったからだ。あり過ぎる、とも言える。若いころの父を知れば知るほど、題材はつぎつぎに出てくる。

情報の提供者は母だ。このところ母ものってきている。晩年の父の歌を整理し、ワープロに打ち込んだりしている。一周忌にあわせて、三冊目の歌集を出すつもりらしい。私は週に何度か、ご機嫌を伺いに出かける。そのたびに父の話で盛り上がる。

「亡くなってから、これだけ話題の多い人も珍しいねえ」

「まあ、一種の人徳かもね」

「考えてみれば幸せな人生やね、いろんな趣味をもって」

「石を集めるために、山ごと買っちゃったくらいの人だからね」

「わたしなんか、趣味は何もないから」

父に加えて母まで多趣味だったら、子どもたちは大変、一家は離散していたかもしれない。ところで父の遺骨は、まだ母のもとにある。ゆっくり時間をかけて、その気になってから納骨すればいいと思っている。間に合わせに設えた祭壇には、だから遺骨と遺影と位牌が三点セットで鎮座している。私は線香をあげ、御仏に掌を合わせながら胸のなかで呟く。

――いろいろ言われているよ。新事実も明らかになってきているしね。

――あることないこと書くんじゃないぞ。

――あることあること書いてるよ。ところで、そっちはどう？

――退屈で死にそうだ。

――この上、まだ死ぬ気でいるの？

――いらぬお世話だ。

――じゃあ、またね。

チーン。

どうやら母は遺品の整理をはじめているらしい。そう言えば、祭壇に飾られた写真が増えている。最初は葬儀の際にとりあえず引き延ばし、遺影として額に入れたものだけだったのが、いまは若いころから晩年まで、何枚かの写真が仲間入りしている。伝馬船の上で、釣り上げたばかりの魚を掲げて会心の笑みを浮かべている父。四十歳くらいだろうか。冬物の背広に襟巻をし、カメラのほうを向いて笑っている晩年の父。なるほど母が気に入っているだけあって、どの写真も表情がいい。

私が書き進めているものの参考になるなら、と言って母が選り出してくれた品々は、ノートやアルバムを中心に、小さな段ボール一箱ぶんくらいある。母の整理能力もたいしたものだが、父自身も、こんな昔のものをよくまあ大切に保管していたものだと感心させられる。わりと几帳面な人だったのかもしれない。物を処分できない人でもあったのだろう。

小学校時代の通知表まで出てきたのには驚いた。昭和七年（一九三二年）度から昭和十二年（一九三七年）度まで、六学年分だ。宇和島和霊尋常小学校、児童成績通知表。裏に「児童日々の心得」と「学年暦」なるものが印刷してある。面白い資料なので、「心得」のほうを書き写しておこう。

一、自分で出来る事は自分で致しませう。
二、家庭に於いて朝夕祖先の霊に礼拝致しませう。
三、神社の前を通る時は必ず礼拝を致しませう。
四、言葉遣いは丁寧にし、返事は「はい」と速く気持ちよくいひませう。
五、服装は何時も質素に正しく致しませう。
六、遅刻せぬ様に気をつけませう。
七、道は必ず左側を通りませう。

八、悪い遊びはお互いに止めませう。
九、むだな事に金を遣はず、つとめて貯金しませう。
十、人の為になる事は進んで致しませう。

なかなかいいことが書いてある。今日でも、そのまま通用しそうだ。なかを開くと、学業成績が甲乙で記してある。ほとんど「甲」になっているから、真面目な小学生だったのだろう。

つぎに古い資料は新聞のスクラップだ。表紙に墨で「昭和十六年度」と書いてある。父は宇和島商業学校の四年生。こちらはさすがに戦時色が濃い。皇軍がどこそこを占領したという、戦勝の記事などを丹念に切り抜いてスクラップしている。「帝国・米英に宣戦を布告」なる見出しの上には、赤ペンで「待ちに待ちたる時至れり!!」とあり、さらに「起て!! 一億同胞よ!!」と、なかなか勇ましい。「大本営陸海軍部発表（八日午前六時）帝国陸海軍は本日未明西太平洋において米英軍と戦争状態に入れり」という記事の上には、「輝く！ 歴史的一頁」と大書きのキャプションが入り、まあ、立派な皇国少年ぶりである。つまり可もなく不可もない、普通の十六歳の少年だったのだ。

青年時代の父の面影を伝えるものとしては、古い二冊の大学ノートが遺されている。一冊目には「昭和二十二年一月」という日付が見える。本人が作成した年譜によると、敗戦により松山海軍航空隊を除隊したあと、東京国際外国語学校に通っていた時期にあたる。中身は要するに歌本で、「蘇州夜曲」（君がみ胸に抱かれて聞くは……）や「別れのブルース」（窓を開ければ港が見える……）、「リンゴの唄」（赤いリンゴにくちびる寄せて……）など、当時の流行歌の歌詞がきれいな字で書き写されている。また「ローレライ」（なじかは知らねど心わびて……）、「菩提樹」（泉に添いて茂る菩提樹……）、「野ばら」（童は見たり野なかのバラ……）などには、近藤朔風らの訳詞とともに、ハインリッヒ・ハイネやヴィルヘルム・ミュラーやゲーテによるドイツ語の詩が、これまた美しい筆記体で記されている。さすがは外国語学校の学生である。

もう一冊には、そのころの父が気に入っていたらしい詩がきれいに清書してある。島崎藤村、石川啄木、北原白秋、西条八十、室生犀星、土井晩翠、三木露風など、ほとんどは文語調の抒情詩だ。表紙に『愛唱詩集』とあるように、広く人々に愛唱されていた詩人たちの作品が集められている。とくに藤村の「千曲川旅情の歌」はお気に入りだったようで、（一）を筆写したあとに、「ウワー、いいナー。たまらなくいいナー」と吹き出しが入り、さらにつぎのページには、「余は感極まりて再び記す」と前書きして、（一）と（二）を書き写している。よほど感極まったのだろう、最後は「I am very happy!!」と書き加えている。しかしまあ、どこにそんなに感動したのだろう？　どうやら当時の父は、単純なまでに感激しやすい、非常に素直な青年であったらしい。

この「千曲川旅情の歌」には「August. 3th. 1948」の日付がある。他の歌にも、ところどころ日付が入っており、ノートに収められた詩が「昭和二十三年七月七日」から「八月七日」の一ヵ月間に書き写されたものであることがわかる。前年の十月に外国語学校を辞めて、加古川市の染色会社に就職していたころである。二十歳そこその父は、外国語学校へ通う下宿の部屋で、あるいは会社の寮かアパートで、服部良一の流行歌やシューベルトの歌曲をうたったり、気に入った詩を愛唱したりすることがあったのだろうか。

それにしても健全である。健気なまでに健全である。時代の違いだろうか。性のこと、女の話がまったく出てこない。こっちも期待しているわけではないが、それにしても……。自分のことを振り返ると、二十歳前後には異性のことしか頭になかった気がする。いつも恋愛のことで悩んでいた。もともと難しい恋だったのか、難しくない恋を自分で難しくしていたのかわからない。とにかく悩み多い日々、「どうしてこう、うまくいかないのだろう」と考える毎日毎夜だった。

私は恋愛を持て余していた。鬱屈し、挫折しながら執着していた。混乱と悲観のなかに高揚があり、多幸感があった。まさに煩悩と雑念の泉。最後には恋愛を憎むようになった、というのは言い過ぎとしても、手に余る思いであったのは事実だ。私が結婚したのは二十三歳のときである。もちろん結婚したいと思う人と出会ったから結婚したわけだが、恋愛という罠から逃れたいという気持ちが働かなかったとは言えない。

一方、父の二十三歳は「千曲川旅情の歌」である。「ウワー、いいナー。たまらなくいいナー」

なのである。これには、まいる。自分が不純な人間に思えてくる。オレはなんて濁りの多い人間なんだ。もちろん父にも多くの欠点、欠陥はあったと思うが、この純粋さは得難いものだ。いくら私などが小賢しいことを言っても、かなわないなあと思う。

ただ感心しながらも、首をかしげたくなる。こんなクリアーな男が、禅寺に通って坐禅を組む必要があったのだろうか。呼吸法について蘊蓄を傾ける資格があったのだろうか。恋愛という浅く不規則な呼吸に悩まされているのは、私のほうだった。真に禅を必要としていたのは、父よりも私ではなかっただろうか。

17

父は字を書くことが好きで、また上手かった。かなり癖のある字だが、リズミカルで美しい。そうした馴染み深い字が、二十二、三歳のときに記された先の二冊のノートに、すでにあらわれている。つまり父の達筆は、ほとんど生まれついてのものだったらしい。黒のインクで、縦に横に自在に綴られた文字。その線は柔らかく伸びやかで、音楽的な律動感がある。強弱といい緩急といい、まことに心地よい。これは硬いペンだからいいので、筆を使って書くと、少々嫌味になるかもしれない。

父がもっていた能力で、自分が受け継げなかったことを残念に思うのは、こうした文字を書く能力だ。私の字は、悪筆というよりも稚拙である。いまだに子どものような字しか書けない。これは私の二人の息子たちも同じだ。どうやら父の才能は、誰にも引き継がれることなく、本人の死によって消滅してしまうものらしい。

母が貸してくれた遺品のなかには、父の記録好きを窺わせるものも幾つか混じっている。字を書くことが好きなので、記録をつけることも苦にならなかったのだろう。たとえば「ドライブ」や「旅行」と表紙に書かれたノートが何冊かある。なかを開くと、何月何日、何時何分にどこそこを出発し、どこそこへ到着したとか、道中の諸経費、ガソリン代、フェリー代、弁当代、お菓子代、宿泊費、おみやげ代などを、それは詳細に記している。いったいなんのために？とくに目的や理由があったわけではないらしい。思い立ったときに、これといった方針もなく、突発的な記録を残している。

おかしいのは「料理メモ」なるノートが二冊遺されていることで、新聞や雑誌の切り抜きの他に、おそらく「きょうの料理」みたいなテレビ番組を観てメモしたものだろう、かなり詳細なレシピが書き記してある。実際に作ったのかどうかは知らない。美味そうだと思って、いつか母に作ってもらうつもりだったのかもしれない。

父は若いころから、よく自分で料理を作っていた。「男のこだわり料理」といった気取ったものではなく、共働きだった母の負担を軽減するため、時間のあるときに（そして気が向いたときに）台所に立っていたのだろう。けっこういろんなものを手早く作っていた。味も悪くなかったように思う。母が作る料理に比べても遜色はなかった。勘がよかったのだろう。多彩な趣味を見ても、もともと器用な人だったのだと思う。器用貧乏を絵に描いたような人であった、とも言える。

私もそうだが、父にもグルメ風のこだわりはまったくなかった。酒でも料理でも、飲めればいい、喰えればいいというタイプだ。カネには無頓着だったが、高級志向はゼロ。ときどき高い酒を持っていっても、本人は違いがわからないと言うのだから、こっちも張り合いがない。とくに胃の手術をしてからは、量的にもあまり食べられなくなり、私たちがたまに食事に招いても、一人前が半分もはかどらない。晩年は母が注文した料理に、横から箸を伸ばす程度で済んでいた。

癌手術せしより既に十五年今尚つづく食後の不快感

平成七年（一九九五年）になっても、こんな歌を詠んでいる。この「食後の不快感」に、父は終生悩まされることになる。私たちと食事をするときにも、「食べたいけれど、食べたあとが辛いから」と言って、よく目の前の料理を寂しそうに眺めていた。医学的にはダンピング症候群と呼ばれ、胃切除手術を受けた人にしばしば見られるとされる。食物が急速に小腸に流入することによって起こるらしい。かなり個人差があると言われるが、父の場合はかなり重症だったようだ。

そんな事情も、「料理メモ」には反映していたのかもしれない。これなら胃にやさしそうだ、これなら食べられそうだ、これなら食べたあとも苦しくなさそうだ、というようなもの。たとえば……。

ジャガイモ・ダンゴ（ジャガイモ　２００g　きな粉　大さじ４）
①ジャガイモをゆでてつぶす。（包丁でつぶす）
②メリケン粉を混ぜ、ダンゴにする。（一口大）
③これを沸騰した湯に通す。浮いてきたらそれでよい。
④きな粉と砂糖をあわせたものにまぶす。（出来上がり）

講演、挨拶の原稿を記したノートが、やはり二冊ある。このノート「二冊」というのが、なんとなく父の持続力、継続性、根気を象徴している気がする。

一冊目は、昭和五十一年（一九七六年）三月十四日の軟式庭球普及講習会の挨拶からはじまっている。つづいて三月二十七日は体育指導委員会で挨拶、三月二十八日は歩こう会で挨拶、五月二十九日は健康教室で挨拶、同じ日に松山市老人会の歓迎挨拶、六月一日は市民早朝ソフトボール大会で挨拶、六月六日はお早うサイクリングで挨拶、七月十六日は中学総合体育大会の選手団結団式にて挨拶……なんだか挨拶ばかりしている。

この時期の父は何をやっていたかと思って履歴書を見ると、なるほど昭和五十年（一九七五年）四月から教育委員会事務局の保健体育課長というポストに就いている。それにしても、いちいち原稿をつくらなくても、適当に喋ればよさそうなものを。昭和五十二年（一九七七年）四月には、私が通った小学校の入学式でも挨拶をしている。

皆さん、御入学おめでとうございます。どの人も、みんな元気で、明倫小学校の一年生になられたことを、宇和島市教育委員会は、皆さんのお父さんや、お母さんといっしょに、ほんとうにうれしいと思います。

明倫小学校は、大へんよい学校です。運動場も広いし、皆さんの好きな遊び道具もたくさんあります。その上、先生方はやさしく、お兄さんやお姉さんたちもとても親切です。皆さんは、今日からほんとうの一年生らしく、自分でできることは自分でやり、友だちとなかよく勉強して、一日も早く明倫小学校のよい子どもになってください。

真面目である。涙ぐましいまでに律儀である。迂闊なことに私は、こうした父の善さに、存命中は気づかなかった。面目ないと言うしかない。何かが見えなくさせていたのだと思う。それは父と息子という関係性かもしれない。親のようになるまいと思うのは、子の悲しい宿命だ。すると死は、生前の関係を保持しつつ、もう一つ別の視線を導入するものと言えるかもしれない。

結婚披露宴の媒酌人挨拶の原稿も、同じノートに幾つも記してある。自分が読むだけの原稿なのにきれいな字だ。いくら早く書いても乱雑にならない。まるで下手に書くことなどできないかのように。新郎新婦の生い立ちから趣味、職歴などが細かく盛り込んであり、事前にかなり取材したことをうかがわせる。ここでも父は真面目で律儀だ。聞いているほうは、ちょっと退屈だったかもしれない。

父が遺した「自分史資料」には、媒酌人を務めたご両家の名前と日時が一覧にして記録してあり、昭和四十六年（一九七一年）から平成元年（一九八九年）までのあいだに、二十五組の媒酌人を引き受けている。父のことだから、それぞれに挨拶の原稿をつくったのだろう。おっと、私の同級生の媒酌人もしている。昭和五十八年（一九八三年）。新婦の名前が間違っているけど、本番は大丈夫だったのかな？

それにしても課内の忘年会や歓送会の挨拶にまで、原稿をつくる必要があったのだろうか。上司にこんな堅い挨拶をされたら、課内の人たちは畏まってしまったのではないだろうか。

18

父が遺したノートの話を、もう少しつづけよう。昭和六十二年（一九八七年）九月から翌年の一月まで、約四ヵ月間にわたって書き継がれたノートがある。表紙には「母よ母よ（葬儀後の記録）」とタイトルらしきものが見える。この「母」は私の母方の祖母、父にとっては義母にあたる正子さんのことである。正子さんの連れ合いであった勇さん（私の祖父）が亡くなったのが、昭和六十二年九月二日。父のノートは、その直後の九月六日からはじまっている。つまり表紙にある（葬儀後の記録）とは、勇さんの「葬儀後の記録」という意味になる。

正子さんは晩年、重度の認知症になり、徘徊行動なども出て大変だった。祖父が元気なうちは夫婦二人で暮らしていたが、その間にも病状は容赦なく進行し、世話をしていた母によると「毎日が地獄みたい」だったらしい。たしかに妻が重度の認知症では、老夫婦二人の生活は大変だっただろう。それが日課ででもあるかのごとく、正子さんは家を出たままどこかへ行ってしまう。夕方になって、何事もない顔をして帰ってきた連れ合いを、祖父は厳しく叱咤したようだ。正子さんの実家に電話をかけて、すぐ連れにくるように言うこともあったらしい。先方では祖父が狂っているると思った。祖父もおかしくなっていたのだろうが、そもそもの原因は祖母の病気にあった。

正子さんの認知症がいつごろからはじまったのか、正確なところはわからない。要するに程度の問題だから、ボーダーは限りなく不透明だ。はっきりした症状が出てから、過去に遡って思い当たるところを拾っていくことになるのだが、私の母は昭和五十六、七年（一九八一、二年）ごろではないかと推定している。昭和五十六年の暮れに、祖父は転倒して足を骨折し、ボルト挿入手術を受けている。新年は入院先の病院で迎えることになり、母が年賀状を届けることになった。正子さんに今年の年賀状を見せてくれと言うと、何年も前の古い年賀状ばかりを出してきたらしい。

もともと大柄だった正子さんは、肥満というほどではないにしても、日ごろからダイエットを心がけなくてはならない体質だった。慢性的な高血圧は、脳の血管にダメージを与えていたのだろう。何度か家で倒れたこともあったが、すぐに意識を回復するので、本人もまわりの者も大事には考えなかった。

日常生活のほころびにしても、最初は年賀状をめぐる一件のように、小さな錯覚か思い違いとみなせる程度のものだった。かかってきていない電話をかかってきたと言ったり、会ってもいない人に会ったと言ったり……何度か、そんなことがつづく。事情を知らない相手には、虚言と受け取られることもあったかもしれない。やがて身近な者たちは少しずつ、祖母が「おかしい」ことに気づいていく。

私が見たところ、祖母の錯覚や思い違いは、ほとんどが時間に関連したものだった。つまり時間が混乱し、あるいは時間秩序が崩壊していることが、様々な錯覚や思い違いの原因と考えられた。たとえば私たちが、「今日、誰某さんから電話がありましたか」とたずねると、祖母はかならず「あった」と答える。仮に時間の観念が成り立っていないとすれば、「今日、誰某さんから電話がありましたか」という問いからは時間の限定項が抜け落ち、たんに電話の有無だけをたずねているものになる。すると誰某さんから、かつて（一週間前か一ヵ月前か、それ以前か……）電話があったのは事実なので、祖母は「あった」と答えてしまうのである。

時間秩序の崩壊が、衣服という記号体系に及ぶとどうなるか。そのことを祖母は身をもって示した。時間的な前後関係が把握できなくなれば、着脱の順序はでたらめになる。下着や上着の下と上は、時間的な前後関係を空間に置き換えたものだ。時間秩序が崩壊すれば、下着や上着といった観念も狂ってくる。上着の上に下着を着用する。その上から、もう一つ上着を着用する。反復は果てしなく、ただでさえ太っているのに、着膨れて雪だるまのようになる。混乱は着脱だけにとどまらない。一度着た衣服を、洗濯せずに箪笥に収納する。さんざん着た皺だらけの服を、やはり洗濯せずに物干しに吊るす。

混乱が時間秩序にとどまり、空間秩序のカーニバル状態にまで至らなかったことは、不幸中の幸いと言うべきかもしれない。たとえばスカートを頭からかぶったり、ストッキングを腕に通したりしている祖母を目にするのは、実害がないとはいえ、世話をする者にとっては、やはり胸の痛むことであったろうから。

とはいえ事態は深刻だった。見かねた母は、老夫婦が暮らす家を毎晩訪れて、祖母の衣服を準備してやることにした。下着からブラウス、スカート、靴下まで、清潔なものを一式揃え、着衣順に重ねておく。しかし翌日行ってみると、母が用意したものは着用せずに、あいかわらず気まぐれに、でたらめに、あるいは本人だけが知る何か深遠な理由に則って、思わず笑ってしまいたくなるような順序と組み合わせで身につけている。

思考錯誤の末に母が編み出した方法は、衣服の一つ一つに番号を振った紙を貼り付けておくというものだった。肌着に1、ブラウスに2、セーターに3……という具合に、すべての衣服に番号札を貼り、廊下に一列に並べておく。そして番号の小さいものから身につけるよう、途中で返り点を打ったり省略したりしないよう、重々言い含めておく。こうした母の涙ぐましい努力によって、祖母の衣服はなんとか人並みの外観を取り戻した。しかし目の届かないところでは、あいかわらず不穏な情勢はつづいており、古い肌着の上に新しい肌着を重ね着するといった事態は、最後まで根絶できなかったらしい。

それでも衣服にかんしては、まだ笑い話で済ますことができた。問題は食事である。祖父にとって、時間の観念が崩壊しかけた連れ合いによって提供される食事は、危険きわまりないものになっていた。事は生命にもかかわる。水屋のいちばん上の段、風通しをよくするため網戸になっている棚に、正子さんは残ったおかずを処分することなく、何かのまじないのごとく放り込むのだった。調理したばかりの料理も、食卓に供せられることなく水屋へ直行し、三日も四日も経ってから、刑期を終えた前科者のごとく娑婆に出てくる。味噌汁は鍋のなかで化学反応を起こすころになって、ようやく登板のチャンスを与えられる。

耐えがたきを耐え、忍びがたきを忍び、突然、祖父は祖母を離縁すると言い出した。誰もが頭を抱えた。母も含めて、祖父は完全に狂っていると思った。八十を過ぎた老人が、半世紀以上も連れ添った女房を離縁するというのは、どう考えても尋常ではない。しかも自分は、かねて意中の人と再婚するというのだ。なんとか祖父を宥めようとした。「離縁して再婚するなんて、そんな非現実的なことを……」などと言いながら、祖父が直面していた現実については、誰も正確に理解していなかった。

おそらく祖父のなかでは、正子さんが「病気」という認識はなかったのではないかと思う。だから医療者の手にゆだねるべき連れ合いに、まともに付き合ってしまった。しかし認知症の祖母が相手では、祖父の情念は空回りするばかりだっただろう。それは増長して猛り立ち、やがて狂気のようになっていく。私たちが見ていたのは、そのような祖父だった。悪意のない祖母は、悪意のないままに、祖父にとって危険きわまりない存在になっていた。自分の生命を脅かす連れ合いを、祖父は離縁というかたちで安全な圏域へ遠ざけようとした。せめて安心して食せる料理を提供してくれる人と、短い余生を安らかに暮したいと願った。そんな祖父を、誰が咎められるだろう。

酸鼻をきわめた日々も、気まぐれに訪れる小康のように、悲喜劇的な一シーンを見せることがあった。ある日、祖父が食事をしようとすると、例によって食卓には腐敗寸前の品々が並んでいる。いくら味覚が衰えた年寄りでも、さすがにこれは食べられない。幸い御飯だけはまともに炊けていたので、卵かけにでもしようと思い、祖父は正子さんに卵を持ってくるように言いつけた。もとより祖母は呆けている。そんな彼女が、買ってきた卵を冷凍室に入れたとしても、日ごろの行状からすれば、些細な混乱の類と言えるだろう。

言われるままに、祖母は冷えに冷えた鶏卵を一個取り出し、おもむろに食卓へ運ぶ。いつもより冷たかったはずだが、冷蔵庫に入っていた卵は冷たくて当たり前だ。むしろ祖父が不審に思ったのは、いつになく従順な連れ合いの態度だった。何か魂胆があるのではないか。もちろんそんなものは、祖母にはなかった。ただ言われるままに、卵を出したまでだ。従順に見えたとすれば、その日の正子さんの機嫌が良かったのだろう。受け取った卵を茶碗の縁にぶつけて割ろうとしたとき、惨劇は起こった。割れるべき卵は割れず、割れたのは祖父が大切にしていた茶碗だった。

気の毒なことに、祖父が連れ合いの魔の手を逃れることができたのは、祖母を離縁することによってではなく、自身が骨折して入院することによってだった。亡くなる年の二月に、祖父は自宅で転倒して整形外科へ入院した。四月末には松葉杖で歩行できるまでに回復し、ひとまず退院して自宅に戻ったが、食事の世話をするのは認知症の祖母である。元気になりかけた祖父は、数日のうちに衰弱してしまう。自宅よりは病院のほうが安全と判断した母は、付添婦を雇うことを条件に受け入れてくれる内科医院を見つけるが、入院した最初の夜に、祖父はトイレで転び、再び骨折してしまう。

そのとき私はたまたま、連休を利用して三歳の長男と帰省していた。日記によると、祖父の骨折は五月四日の夜である。妻は二月に生まれたばかりの次男と福岡に残った。この次男には脳性麻痺の疑いがあり、毎週のように受診していた大学病院の医者から、最悪の場合は寝たきりになるかもしれないと言われていた。当時、私は学習塾の仕事をしながら小説を書いていた。前年の秋に文芸誌の新人賞をもらい、これで少しは芽が出るかと思ったもののあとがつづかず、次男は重度の障害者になるかもしれないし、祖父母の状態も深刻そうだし、自分たちはどうなってしまうのだろうと、ときどき得体の知れない焦燥感にかられた。

八月には家族四人で帰省した。そのころになると、次男の障害は一時予想されたものよりも軽そうだという見通しがついてきた。福祉センターを紹介してもらい、妻と私はボイタ法というリハビリを習ったりして、次男の障害と前向きに付き合っていく態勢が固まりつつあった。そんな時期に、私たちは盆休みを挟んで十日間ほど、両親の家で過ごしている。祖父は内科から整形外科に転院していた。五月に会ったときからすると、見違えるほど弱っていた。ほとんど意識はなく、尿が出ないのに点滴で水分ばかり入れるものだから、身体中が蒟蒻みたいになっていた。

祖母は両親の家に引き取られていた。自室のベッドに横になって天井を眺めたり、同じ新聞を繰り返し読んだりして、一日を無為に過ごしているらしかった。退屈そうにしている祖母を、私は散歩に連れ出した。

「おばあちゃん、友だちはいないの」

「女学校まではいたけど、みんな結婚してしまうと、それっきりでね」

「趣味は？　何かしてみたいと思うことはないの」

「さあねえ、何もしたいとは思わないね」

あいかわらず徘徊はつづいているらしかった。父や母が探しに行くと、いまは住む人のいない自宅の周辺か、そこへ至る道筋などで発見された。母がきつい口調で叱ると、祖母は澄ました顔で、「ちょっとおじいちゃんのものを取りに戻ったのよ」と答えるのが常だったという。

祖父の葬儀に、私は一人で郷里に帰った。看護師をしていた妻は、仕事を休むのが難しかったし、子どもたちの世話もあった。日記によると、葬儀は九月五日の午後になっている。退職するまで小学校の校長を務め、その後は長く保護司を引き受けていた人なので、会葬者には教育関係や役所関係の人たちが多かった。焼香が終わり、長男である叔父が親族代表の挨拶をした。未亡人となった祖母は、きちんと喪服を着て、参列した人たちと目が合えば目礼を返している。読経や弔辞の際には、ハンカチで目頭を押さえている。そんな様子から、祖母の認知症が深刻な状態にあることを知るのは難しかっただろう。しかし葬儀が終わり、喪服を着替えると、「おとうさんはいつごろお帰りかねえ」と、亡くなった連れ合いのことをたずねる始末だった。

このような状態の義母にたいして、父は「母よ母よ（葬儀後の記録）」とタイトルを振ったノートを準備したわけだ。その最初のページを書き写しておく。昭和六十二年九月六日の日付があるから、祖父の葬儀の翌日に記されたものだ。

葬儀も終わり、初七日も早終わった。皆帰って行き、母（正子さんのこと）と玲子（私の母）と三人暮らしとなった。父（勇さんのこと）の死で病院を見舞うこともなくなり、三人の暮らしは淋しい。父が生きていてくれたら、もっと気持ちも張りつめていただろうに、玲子も疲れた事だろうが、私も気抜けしてしまった。

母は今朝起きると「お世話になりました。今からもお世話になるがよろしく」と涙を流し、両手をついて私に低頭され、哀れを催すと同時に、昨日迄の母と別人の様に素直な母に驚いた。父の病で母の関心が薄かった事、父中心で、母の存在、行動、母の病が無視され、従となっていたのではなかろうか。母への接し方を再検討し、母を落ち着かせねばならない。そしてそのためには次の事に気をつけてみよう。

1．小さな事でも褒めてあげ、過去のご苦労に対して感謝してあげる事。

一寸した事でも褒めてあげ、母の若い頃の苦労や、良く働いた事を繰り返し、繰り返し感謝し、それを言葉にしてお礼を述べ自信を持たせる事。今日言っても明日は忘れるので、毎日繰り返さねばならない。

2．明るい楽しい話題を取り上げ、会話を多くしてあげる事。

テレビは成るべく楽しく明るいもの。ＮＨＫのウォッチングは良い番組だ。

3．危険と思われる事以外は絶対口出しせず、自由にさせてあげる事。

注意する時は細い声、褒める時は大きな声。注意は簡単にくどくど言わぬ事。どうせ覚えていないので、その都度簡単に言う事。いくら言っても分らぬのが当然なので、絶対腹を立てぬ事。

どこまで履行できたかはともかく、こんな方針を立てて義母の世話をしようとしたこと、それを虚心に綴っているところが、やはり父らしいと思うのである。

この後、祖母は茨城の叔父のところに引き取られ、筑波大学病院で診察を受けたりしていたが、入院先で洗髪用のリンスを誤飲して、あやうく死にかけた。結局、私の両親が引き取り、付添婦をつけて市内の病院に入院させた。リンスの一件があってから、祖母はすっかり衰弱してしまい、私が見舞ったときにはベッドに寝たきりの状態になっていた。艶のない髪は乱れて額に垂れ、頬は飢餓にさらされた人のようにこけていた。手首のあたりを握ると、乾いた皮膚の下に、骨の形がくっきりあらわれた。歯を磨かないためか口臭がひどく、それが死の臭いのように感じられた。

夜中になると、大声で叫ぶことがあるらしかった。何を言っているのか、誰にもわからない。幸い、私が病室にいるあいだは静かだった。ただ、「こいつはいったい何者だろう」というように、白く濁った目で私を見ていた。なぜか腕にしっかりと時計をはめていた。まるで時間の観念が芽生えはじめたばかりの幼児が、得意げに玩具の時計をしているみたいだった。彼女の病気の経緯を知っているだけに、おかしくもあり、また哀れでもあった。祖母が亡くなったのは、平成五年（一九九三年）の一月である。祖父の死から五年余、八十四歳だった。

19

私たちが市立図書館の構内にある借家に住んでいたころ、風呂は近くの銭湯に通っていた。途中に、梶井基次郎の「檸檬」に出てくるような小さな店構えの果物屋があり、父と風呂に行った帰りには、そこで柑橘類などを買うことがあった。小説の描写さながら、ゆるやかな傾斜のついた台の上には、いろいろな種類の果物が並べられていて、天井からぶら下がった裸電球が、明るい色合いを引き立てていた。果物屋の隣は中華料理店で、その角を曲がって何軒か下ると、惣菜店とパン屋に挟まれて銭湯の入口が見えてくる。近くには映画館や大衆食堂もあり、夜遅くまで人通りは絶えなかった。

「龍泉湯」というその銭湯のことは、いまでも鮮明におぼえている。男湯と女湯を分ける玄関先のたたずまいから、風呂の落とし湯が流れていた溝に、白っぽい緑色の苔が生えていたことまで、湯垢の臭いとともに甦ってくる。風呂はいつも大勢の人で賑わっていた。当時はまだ木の手桶を使っていた。それがぶつかると、広い浴室内に反響して独特の音色をたてる。湯船につかった人の話し声が、湯気のなかで少しくぐもって聞こえる。

とりわけ私が気に入っていたのは、土曜や日曜の午後に、まだ明るいうちから父と出かける風呂だった。すでに朝風呂の風習は廃れていたが、それでも午後三時ごろからは入ることができた。沸かしたての湯は清潔で、夏などは、開け放したガラス戸の外に簾を垂らし、石灯籠のまわりに背の低い庭木をあしらった坪庭が、いかにも涼しげな風情を添えていた。風呂から上がり、脱衣場で扇風機にあたりながらフルーツ牛乳などを飲むのも、昼風呂を気に入っている理由の一つだった。

あるとき風呂の帰りに、父はちょっと寄り道をしていこうと私を誘った。銭湯を出て、果物屋とは反対の方向、追手通りと呼ばれる界隈を二、三十メートルも下ると、子ども相手の小さな店がある。駄菓子の他にメンコやビー玉などの玩具を売っていたが、そのころ私が心を奪われていたのは、一枚十円で引かせる三角籤だった。小銭を握って毎日のように通っていた。瓶のなかから紙の籤を取り出して開くと、内側に等級が書いてある。店の奥に麗々しく飾ってある軍艦が欲しかった。それが特等の賞品だった。しかし出るのは、いつも四等や五等ばかりで、賞品は棒キャンデーか飴玉一個だった。

日ごろの息子の行状を、父は母から聞いていたものらしい。店に入るなり私に向かって、「今日は特等の船を取って帰ろう」と言った。私は気後れしながらも、瓶のなかの籤を引きはじめた。子ども心に、こういうことに大人がかかわるのは良くない気がした。何枚引いても、いつものように出てくるのは四等や五等ばかりだった。たまに三等が出て、グリコのおまけくらいの小さな船をもらったが、二十枚近く引いても、特等はおろか一等や二等さえ出ない。しだいに落ち着かなくなった。ときどき父の様子を窺うが、わざと知らん顔をしている。

結局、五十枚ほど引いたところで、瓶のなかの籤は尽きてしまった。もちろん特等は出なかった。父は黙って籤の代金を払った。店の老婆は、何事か言い訳しながら特等の船をくれた。その顔を、私はまともに見ることができなかった。ようやく手に入れた船は、店に飾ってあったときの輝きを失い、面白みのないものになっていた。こんなものを欲しがっていた自分の気持ちが、ずいぶん遠いところにあるように感じられた。

店を出てから父は一言、「籤はインチキだったな」と言った。その口ぶりは、得意げというよりは気まずそうだった。本人も後味の悪い思いをしていたのかもしれない。賞品のことには触れないかわりに、「お菓子を買っていこう」と言って、通りがかりの店に入り、お茶請けの和菓子などを見つくろいはじめた。

こんなことをおぼえているのは、父のとった行動が、父らしくなかったからだ。父の行動には、どこかわざとらしさが感じられた。その振舞いに、私は違和感をおぼえたのだと思う。あえて言葉にすれば、「教育的作為」ということになるだろうか。普段の父には、教育的なところがほとんどなかった。説教臭い話をするとか、有意義な人生訓を垂れるといったことは皆無である。私が学校で問題を起こしても、無免許でバイクに乗ってつかまっても、小言らしいことを口にしたためしがない。大したことではないのだから気に病むな、という態度をとることが多かった。

人間として器が大きいということでは、まったくない。これは私も同様だから、確信をもって言える。どちらかと言うと、気が小さかった。父は私にとって、威圧的でも抑圧的でもなかった。いかなる禁止や規律とも縁遠い存在だった。フランツ・カフカの父親とは正反対の父親だったわけだ。だからといって、私がカフカと正反対の人間であるとは言えない。ただカフカがエディプス・コンプレックスの克服を終生の課題としたのにたいして、私のなかには不完全なエディプス・コンプレックスしか形成されていないのではないか、と思われるふしがある。父もまた、そうだったのかもしれない。

本人は酩酊するたびに、「人間は清く正しく美しく」と念仏のように唱えて悦に入っていたが、だからどうしろと言うわけではない。とにかく好きなことをやれ、なんでもやりたいことをやれ、とそればかりを聞かされてきた。おかげで伸び伸び育ったかというと、たしかにそうなのだが、学校をはじめとして、私たちが通過するすべての社会的な場所には、伸び過ぎたところを剪定し、一定の規格にはめ込もうとする力が働いている。好きなこと、やりたいことができる環境など、現実には存在しえないと言っていい。

しかしながら人間には、伸び伸びと大らかに生きたいという根源的な欲求がある。どんなに抑圧と規制の強い社会にあっても、こうした欲求そのものを摘み取ってしまうことはできない。だから人は抵抗や反逆に向かうのではないだろうか。あるいは表現に向かうのではないだろうか。全面的に自由に生きることは難しいとしても、表現の分野で自由に生きることはできる。そのような欲求を、美術も音楽も文学も内に秘めている。

石を集めること、さつきや菊を育てること、歌をつくること……それらはみんな父にとっての表現だった。社会のなかで一つの場所に埋め込まれて生きることを、代償する行為であったと言える。それに私は字を書くことを加えたい。父の場合、いわゆる書道のようなものに打ち込むことはなかった。むしろ手紙や日記、各種の記録のように、さり気なく、日常的に文字を書く作業を好んだ。そこに書かれた文字は美しかった。簡単な住所録とか、下書きのようなものでさえ、父の字は美しかった。常に伸び伸びとして大らかに綴られた文字。「清く正しく美しく」という酩酊時の座右の銘に、いちばん近いところまで行ったのは、父の書き記す文字であったかもしれない。

20

父は親バカと言っていいくらい子煩悩で、そんな父を、もちろん私は嫌いではなかったが、ときどき辟易することはあった。私が止めてほしいと思ったのは、人前でわが子の自慢をすることだった。それが高校や大学のころまでは厭でたまらなかった。そういうときの私は、故意に無反応になったり不機嫌になったりした。父は寂しい思いをしていたかもしれないが、これぱかりはどうしようもなかった。

堅苦しいことを言えば、どんな評価もできるかぎり客観的で、公正であるべきだ。しかし自分の子どもや身内にたいしては、客観性や公正さよりも、愛情や親密さのほうが勝ってしまう。だからこの者たちを自慢したり褒めたりすることは、慎まなければならない。こうした心情は、母校や郷土を経て、やがて国家にまで至る。情に溺れた愛国心やナショナリズムは、自国にたいする公正で客観的な判断を誤らせる。過去の歴史を見ても、国家レベルでなされる正当化は、ほとんどが詭弁である。

しかし当人が故人となっては、いまさらこんなことを書くのも空しい。だいいち私が父について書いている、この文章そのものが公正でも客観的でもない。できるだけ公正に、客観的に書こうと心掛けてはいるが、規律は最初から破られている。現に私は、父という身内について書きはじめているわけだから。さらにまた死が、公正さや客観性よりも、愛情や親密さのほうに強いバイアスをかけるのも事実だ。多少の瑕疵は、死が別の意味に変えてしまうものらしい。父の言動に辟易したことも、いまでは何か懐かしい思い出に感じられる。

これは一概に悪いことではない。死は残された者を、少しだけ善い者にしてくれるのかもしれない。あるいは自分というもののあり方を、少しだけ美しいものにしてくれる。そんな作用も、死にはあるのではないだろうか。私たちは死者に追いつくことができない。その意味で、死はまさに取り返しのつかない事態だ。かけがえのない人は死んでしまった。もはや追いつけないし、けっしてたどり着けない。そのような死者にたいして、私たちは善良であることによって応えようとする。故人と絶対的に隔てられてしまった自己のあり方を、少しだけ美しいものにしようとする。私たちが死者を忍び、彼らと対話を交わすことの意義も、そこにあるのだと思う。

創作日記や他のノート類とともに、父はなぜか、かつて私の持ち物であった切手カタログを大切に保存していた。日本郵趣協会が発行していた『原色日本切手図鑑』一九七一年版だ。定価は百円。わざわざ「原色」と断ってあるところが、時代を感じさせる。どうしてこんなものが、父の遺品のなかに紛れこんでいたのかわからない。

私が切手を集めていたのは小学校高学年のころで、一九七〇年の大阪万博の前後がピークだった。切手集めの前はプラモデルで、中学に入ってからはロックを中心とした音楽、というのが私の趣味の遍歴だ。父と違って、私の場合は趣味でも習い事でも、一つのことをはじめると長つづきする。他のことにはあまり手を出さない。中学から聴きはじめたロックは、いまでも聴いているし、レコードやCDも集めている。さすがにジャンルは広がって、大学に入ってからはジャズを、さらにクラシックを聴くようになったけれど、音楽との親密な付き合いは四十年以上つづいている。

それはともかく、このたび私のもとに戻ってきた『原色日本切手図鑑』には、明治初期からおよそ百年間に日本で発行されたすべての郵便切手が「原色」で採録されている。当時は記念切手の種類も少なく、付録の沖縄切手まで入れて、百ページほどの小冊子に収まっている。コレクターの便宜をはかるため、切手の額面とは別に「参考市価」が記入してある。つまり切手商やデパートなどで実際に売られている価格である。たとえば切手趣味週間の「月に雁」などは、額面は八円なのに、市価は九千円になっている。額面五円の「見返り美人」は市価が七千円。歌麿の「ビードロを吹く娘」が千九百円、写楽の「鰕蔵」が千三百円。

少し説明を加えておくと、切手趣味週間というのは、切手収集の趣味を広く宣伝し、普及する目的で一九四七年に設けられたもので、一九四八年「見返り美人」、四九年「月に雁」というように、年に一種類しか出ないところが貴重だった。すべて集めるのがコレクターの夢だが、あまり高額なものは、さすがに小学生のこづかいでは買えない。私が持っていたのは五八年の「雨中湯帰り」（鳥居清長）からだ。一九七〇年時点での市価は百二十円となっている。おそらく一枚百円くらいを上限に集めていたのだろう。

この切手趣味週間は、一九六五年から現代画シリーズになる。六五年が上村松園の「序の舞」、六六年が藤島武二の「蝶」、六七年が黒田清輝の「湖畔」といった具合である。これらはシートで持っている。六九年の「髪」（小林古径）、七〇年の「婦人像」（岡田三郎助）は発行日の四月二十日に、早朝から郵便局に並んで買ったおぼえがある。当時の記念切手は発行枚数が少ないので、窓口が開いてから行っても、たいてい売り切れていた。私も発売日には早起きをして郵便局に駆け付けたけれど、いつも先客が長い列をつくっていた。並んでいる顔ぶれは、子どもよりも大人のほうが多かった。もちろん切手商のようなプロもいたのだろうが、意外に女性が多かった。当時の記念切手は、発行から五年を過ぎると、確実に額面以上の市価がついた。保存状態のいいシートであれば、預貯金よりも効率がよかったのだろう。

私がいつも切手を買っていたのは、仏壇仏具を取り扱っている店だった。ちゃんとした名前は知らないので、親には「仏壇仏具に行ってくる」と言っていた。これで「切手を買いに行ってくる」という意味になる。ここは不思議な店で、本来の稼業は仏壇仏具屋なのだが、店の主人は郵便局に勤めていた。昼間の店番などは、おそらく奥さんがしていたのだろう。この主人が、私たちに切手を売ってくれていたのである。誠実そうな人で、生業をもっているせいか、あまり商売っ気はなかった。他の店に行くと、たいてい図鑑の市価より高い値段を言われたが、仏壇仏具屋の主人は、「いまは五十円だけど四十円でいいよ」と言って、記載された価格でゆずってくれることが多かった。

この店の欠点は、平日の昼間行っても切手が買えないことだった。なにしろ主人は郵便局に勤めている。夕方の五時を過ぎないと帰ってこない。こちらも時間を見計らっていくのだが、ときには帰宅が遅くなることもある。そういう場合は、やさしそうな奥さんが、「ちょっと待っていてね」などと言って奥の部屋へ通してくれる。やがて主人が帰ってくる。手早く着替えを済ませると、「今日は何が欲しい?」という感じで、さっそく商談に入る。私は図鑑を開いて欲しい切手を示す。すると主人は箪笥の引き出しから、浅い紙の箱を出してくる。そのなかに目当ての切手が入っている。

切手の保存の仕方も、この主人から教わった。ピンセットやヒンジなどの道具も売っていた。そのころ私が集めていたのは国宝シリーズだった。広隆寺の弥勒菩薩、法隆寺の百済観音、興福寺の阿修羅像、東大寺の月光菩薩、神護寺の伝源頼朝像など、図柄がいいわりに値段は手ごろだった。本当は国際文通週間の東海道五十三次を集めたかったのだが、こちらは高価なものが多かった。

「集めた切手は手放してはいけないよ」と、抹香臭い部屋で切手を扱いながら、主人は何度か私に言ったものだ。「いつか切手集めに飽きることがあるかもしれないけれど、集めた切手は大事にとっておきなさい。するとまた集めたくなるときがくるから」

残念ながら、私の切手収集の情熱は中学へ上がるとともに失せてしまい、以来二度と戻ってくることはなかった。しかし仏壇仏具屋の主人の言いつけを守って、そのころ集めた切手は、いまでも持っている。

四十数年ぶりに再会した『原色日本切手図鑑』を開きながら、私は懐かしい気分で当時のことを思い出し、なぜこれが父の遺品に紛れ込んでいたのだろう、とぼんやり考えつづけた。最初は偶然だろうと思った。何かの拍子に、父の持ち物のなかに紛れ込み、そのままになったのだ。そのうちにふと、ある可能性に思い当たった。

図鑑に掲載された切手写真の横に、私は赤い油性ペンで何種類かの丸を書き込んでいる。●と○と◎だ。この意味がわからなかった。気まぐれな落書きではない。ちゃんと意味があるはずだ。ほどなく思い出した。これらの丸は、私の収集の記録だったのだ。●は未使用のものを、◎は使用済みのものを持っているという印。たとえば大正時代に発行された、新旧の毛紙切手の多くに◎がついている。図鑑によると、使用済みのもので市価が十五円から五十円くらいだ。間違いない。ある時期、私は値段の安い使用済みの大正毛紙切手を集中的に集めていたのだ。すると○は？　もちろん、まだ持っていないもの、これから集めようと思っている切手である。

父は出張で東京などへ行ったとき、おみやげとして珍しい外国の切手を買ってきてくれることがあった。おそらくデパートかどこかで買い求めていたのだろう。そういう折に活用するつもりだったのではないか。父は私が欲しいと思っている切手を知るために、この図鑑を持っていたのではないだろうか。当初は一時的な貸借であったはずだ。それが四十年以上、そのままになってしまったのだ。

子等育ち節句幟も今は無しはしやぎて立てし彼の日なつかし

21

冒頭でも触れたように、二〇〇九年に父が脳梗塞で入院し、急性期のリハビリを受けている時期に、私は「父の肖像」というノートを準備している。その目的の一つは、父の出自にかんして、本人の口から聞いておくことだった。

かねて不思議に思っていることがある。父の親バカに近い子煩悩ぶりは、どうやって父のなかに根を下ろし、人格の一部となったのだろう。父が私たちに注いでくれたような「愛情」を、父自身は誰から、どのようにして教わったのだろうか。私が知るかぎり、父の生い立ちはあまり幸せなものではなかった。幼い子どもに愛情を注いでくれるべき両親は、父のそばにはいなかった。

親の愛情を知らずに育った者が、自分の子どもに深い愛情を注ぐことはできるのだろうか。逆に、そのような境遇に育ったからこそ、人一倍子どもに愛着を寄せるのだろうか。あるいは出自や境遇などは関係ないのだろうか。先にも書いたとおり、若いころの父は、島崎藤村の「千曲川旅情の歌」に感激してしまうような人だった。その凡庸さを含めて、情操的にはまったく問題がない。翳りのない、豊かな心を持ち合わせていたと言える。父の生い立ちを考えると、こうした屈託のなさは、ほとんど奇蹟的なものに思える。

市役所を退職したあとの父が、自分史を書こうと思い立ち、作り方教室のようなところに顔を出していたことは、すでに書いた。ほとんど埋まっていない「自分史マニュアル」だが、「出生」と「両親」の項目には簡単な記入がある。もう一度整理しておくと、父は大正十四年（一九二五年）十一月二十五日に、「朝鮮仁川府本町三丁目三番地」というところで、父茂平治と母ヨシの次男として生まれている。最初の男の子は誕生してすぐに亡くなったそうなので、実質的には長男と言ってもいいだろう。仁川はいまのインチョン、ソウル近郊で国際空港があるところだ。

さしあたり解明すべき点は、どうして父の家族はそんなところにいたのか。茂平治さんは仁川で何をしていたのかということだ。さらに父は物心つくころに、宇和島の茂平治さんの実家に引き取られているのだが、どのような事情や経緯があったのだろう。こうした疑問を埋めていくことは、父にとっても、自分史を書こうと思い立った大きな動機だったように思える。

おそらくその時分のことだと思うけれど、父は延岡に住む姉を通して、当時はまだ存命だった母親のヨシさんが記した一冊の大学ノートを入手している。このノートが父の死後、延岡の伯母から母のところへ送られてきた。「貴重なノート、有難うございました。一応コピーしたので返送します」という、かつて父から伯母に宛てた短い手紙も添えてある。健在とはいえ、伯母も九十歳に近い高齢であり、いつ何があるかわからないという含みだろうか。こうしてノートは、いま私の手元にある。
表紙には、ヨシさんの字で「片山慶一文子へ」と書かれている。「文子」というのが延岡の伯母である。

私の一生はつまらぬ一生だった。九十年も生きてる間何一つとして得るもののない、只あった物は悔のみだった。二人の子に何一つとしてしてやられず身体をやっただけ、子供に迄も苦労さしつづけた。こんな事なら子供も身体ももらわぬ方がよかっただろうと思ふ。一生苦労のかけ通し、この上まだまだ何年生きているかと思ふとほんとうに済まぬと思ふ。

こんなふうに、ヨシさんの手記ははじまっている。まるで太宰治の小説の書き出しみたいだ。内容も熾烈だが、ヨシさんの字も熾烈である。柔らかいサインペンを使って縦に綴られた文字は、執筆時にかなり高齢だったはずの女性のものとはとても思えない。力強く勢いがあり、まったく枯れていない。いまなお現役の感情がほとばしっているというか、上手い下手を通り越したところで、妙に生々しい。女性ということもあるのかもしれない。業が深い人だったのだろう。こんなものを読まされた父は、実の子として、けっこうきつかったのではないか。
自分史を書くための資料を集めたわりに、父は両親については何も書き残していない。書けなかったのだと思う。これだけシビアな内容を自分史に取り込むのは、いくら自分のこととはいえ大変だ。自分のことだからこそ大変だ。一読して敬遠した気配もある。父はけっして強靭な神経の持ち主ではなかった。

寄する波清く静けき浜に佇《た》ち海のあなたの母し思ほゆ

父としては、この歌のように、望郷の念に重ねて美しく母親を想っていたかったに違いない。リアリズムは父の流儀ではない。今回、父が遺した歌を一通り読んだけれど、そういう厳しさは、父の歌にはない。情感は豊かだけれど、あっさりしていて線が細い。本人は深く考えたり、悩んだり、苦しんでいるつもりらしいが、歌のたたずまいを見るかぎり、思考も苦悩も淡白である。いいも悪いも、父はそういう人だった。

親の遺業を継ぐのは息子の役目。ここは私の出番かもしれない、と軽く考えてみる。供養の意味合いを込めて、父の生い立ちについて、わかる範囲のことを書き記しておこう。母子のあいだでは近過ぎた距離も、孫になると、かなり趣が違ってくる。だいいち私は、ヨシさんのことをほとんど知らない。たまに正月などに遊びに行くことはあっても、延岡に住む祖母は、海の向こうの遠い存在には違いなかった。

いらぬことをするな、と父は言うかもしれないが、この文章を書くことで、すでに私は「いらぬこと」をはじめてしまっている。諦めてもらうしかない。

22

父が自分史の資料として集めた戸籍によれば、茂平治さんとヨシさんの婚姻届は大正九年（一九二〇年）十二月に出されている。そのころ茂平治さんは大阪商船の船員で外国航路に乗っていた。ヨシさんの手記を読むと、かなり女癖が悪かったというか、港々に女ありという感じで、結婚したあとも、つぎつぎに女の人が現れて大変だったようだ。どうやら茂平治さんは、いろんな人と結婚の約束をしていたらしい。

婚姻届が出された同じ日に、長男「武良」が嫡子として入籍している。別の戸籍によると、出生は同年九月になっている。いわゆる「できちゃった婚」だったわけだが、翌年の二月には死亡届が出されているから、たった五ヵ月ほどの命である。そのせいか茂平治さんを戸主とする戸籍では、私の父が長男になっていて、「武良」という名前の記載はどこにもない。茂平治さんの父親である竹三郎さんを戸主とする戸籍に、辛うじて「孫」として名前が残っているに過ぎない。

手記のなかに、大阪商船時代に茂平治さんが就いていたポストとして「シチョウジ」という言葉が出てくるのだが、これがなんのことだかわからない。書き誤りではないかと思い、母を通して延岡の伯母に確かめてもらうと、彼女もやはり「シチョウジ」と記憶していた。仕事の内容はわからないが、金銭的には恵まれたポストだったらしい。高給のとれる境遇にあり、船長や機関長の受けも良かったというのに、なぜか茂平治さんは会社を辞めて釜山に行ってしまう。大正十一年（一九二二年）に生まれた伯母は三歳になっていた。

ヨシさんは訳もわからず、夫のあとを追うようにして、幼い子を連れて朝鮮へ渡る。茂平治さんのまわりには、いかにも遊び人風の朝鮮人の友だちが何人もいて、夜になると彼らと連れ立って出ていく。仕事をしている様子はなかったというから、賭けごとでもしていたのかもしれない。やがて釜山にはいられなくなり（借金が原因と推察される）、一家は仁川に移る。ここで私の父が生まれている。

以下は、父が「自分史マニュアル」に書きとめている記述。

当時は病院とか産院でお産をする方は無く、全て産婆さんに取り上げられており、私も自宅で生まれた。物凄い天気の良い日で、午前八時頃出生との事。父は大阪商船の外国航路に乗っていたが、私が生まれた時は会社を辞め、朝鮮人の友だち三人と船をチャーター、仁川より清しん（確認できず……引用者）という港へ、野菜や石炭を積んで売りに行って居たらしい。母の話によれば、こちらから持って行った品で損をし、持って帰った品で損をし、父自らの口すすぎさえ出来なかったらしい。母と姉と私、それに父四人は飢えんばかりの生活で、借金苦にあえいでいたらしい。母は姉と私を連れ、間借りをして暮らしていたのである。

私はとても元気な産声を上げ丈夫な子であったらしい。姉も元気で何も知らずすくすくと育っていたらしいが、着る物も食べる物も満足には与えられず、私たち二人が可愛想でならなかったとの事。

よほど商才がなかったのだろうか。「こちらから持って行った品で損をし、持って帰った品で損をし」というくだりがおかしい。山師気質の遊び人で、女癖もよろしくない。でも、どこか憎めない。そんなキャラクターが浮かび上がってくる。

しかし家族は大変だ。借金だらけになった茂平治さんは、仁川に家族を置いて一人でプイッと釜山へ戻ってしまう。この「プイッ」というのが、茂平治さんの得意な行動パターンだったようだ。途方に暮れたヨシさんは、延岡の実家から送金してもらったお金で、釜山へ夫を追いかける。やっと夫のもとへたどり着くと、下宿代を払えずに困っていた茂平治さんからお金をせびり取られる始末で、さすがにヨシさんも愛想が尽きたのだろう、子ども二人を連れて延岡に帰る。

だが実家の暮らしとて楽ではない。子ども二人を連れたヨシさんは持て余される。せめて二人の子どものうち一人は、茂平治さんの実家に引き取ってもらえという話になったようだ。ヨシさんは父親に付き添われ、子ども二人を連れて宇和島まで出向いている。どちらか一人をと言われても、母親のヨシさんにしてみれば、二人とも自分のそばにおいて育てたい。結局、預ける決心がつかず、ひとまず父親だけを延岡に帰し、ヨシさんたち三人は茂平治さんの実家の世話になる。

片山の家でも、さすがに非は当家の四男坊にありと思ったのだろう、兄弟の一人が茂平治さん捜索の任を受けて神戸へ赴く。どうやら家族は四男坊の消息をつかんでいたらしい。やがて兄によって連れ戻された茂平治さんは、ヨシさんと撚りを戻し、一家四人は大阪で暮らすことになる。めでたし、めでたし……とはならない。

あいかわらず茂平治さんには、堅気の仕事をして家族を養おうという気がない。仕方がないので、ヨシさんは子どもの世話を夫に頼んで、自分が外に出て働くことにした。すると茂平治さんは、女を働かせて男が子守りをするのは嫌だ、と甚だ勝手なことを言う。挙句の果てに、「おれはカムチャツカで蟹取り船に乗る」などと豪気なことを言い出した。茂平治さんの性格はわかっている。ここで行かせたら戻ってこない。ヨシさんは必死に引きとめるが、例によって茂平治さんは「プイッ」といなくなってしまう。

このとき伯母は六歳で小学校入学を控えていた。「文子の学用品はおれが買って帰る」と約束した茂平治さんだが、履行されることはなかった。いつも二言も三言もある茂平治さんなのだ。結果的に、これが一生の別れとなった。この間の経緯を、ヨシさんははっきり「捨てられた」と書いている。「主人が私達母子三人捨てて……」とか「大阪で捨てられた時に二人の子を連れて死のうと思ったけれど……」とか、不穏な記述が繰り返し出てくる。しかし子どものことを考えると、どうしても死ねなかった。

ヨシさんの手記から引く。

大阪で捨てられた時に二人の子を連れて死のうと思ったけれど、自分の苦しい為に子供を道づれにして死ぬ時の二人の子の苦しい顔を見る時の事を思ふと、どうしても死に切れなかったが、今こんなに過ぎし日の事を思って苦しむなら、一人ででも死ねばよかったと、何日もこの頃になって思ふ。やっぱり片山と云う若き日の夫の事が、うらみ乍も忘れられぬのが、本当の私だと思ふ。

父がつくる短歌よりもヨシさんの手記に、私は圧倒的に文学を感じる。これを文学と言わずして、何が文学なのか。施設に入っている八十歳を過ぎた老婆が、これほどの苦悩を抱えて毎日を生きている。感動的なことではないだろうか。過ぎていないのだ、全然。この人のなかでは、いまもあのころのことが、あのころの感情が、現在のまま燃え盛っている。

ドストエフスキーは、一人一人の人間が抱えている苦悩や葛藤の大きさを文学的な価値とみなした。そうした価値観に基づいて、彼は病人や障害者や老人といった社会的弱者の内面に言葉を与えようとした。ドストエフスキーの小説が文学なら、ヨシさんの手記も文学だ。ここに見られるのは年寄りの自虐的な愚痴ではない。マルメラードフやスネギリョーフにも劣らない、第一級の精神的な苦悩と葛藤である。

それにしてもヨシさんの手記は自在だ。まさに自由闊達。時系列にも空間的な隔たりにも無頓着で、思いの溢れるままに書き綴られている。現在と過去の心情が半世紀以上の時を隔てて渾然一体となり、大阪での出来事は、いつのまにか仁川に舞台を移している、と思って読んでいると延岡のことになっており、あれ？　この時制はいつで、場所はどこだろう……といった具合に、まるでひところのヌーヴォーロマンみたいだ。八十歳を超えてなおこんなものが書けるのなら、私も八十、九十まで生きて小説を書いてみたい。

手記に戻ろう。大阪で茂平治さんに捨てられ、幼い子ども二人を連れて途方に暮れているヨシさんのところへ、延岡から父親がやって来る。この父親に子どもたちの世話を頼み、ヨシさんは仲居として懸命に働く。しかし延岡のほうから、家業に支障を来すから帰ってくれと催促があり、ヨシさんの父親は、幼い私の父一人を連れて延岡へ戻る。このあと息子慶一との子別れの場面などが、昨日のことのように鮮やかに、かなり事細かに回想されるのだが、それに付き合っていては、本当にドストエフスキーになってしまう。なってもいいのだが、一応、父の肖像をたどるつもりで書きはじめた文章なので、ここは父の流儀に倣ってあっさりと、淡白に、さっくり行ってみようと思う。

こうして父は、しばらく延岡の母方の祖父のところで暮らしていたが、やがて宇和島の茂平治さんの実家へ厄介払いされる。父が三歳くらいのときだったらしい。ヨシさんとしては、いずれ自分が引き取ろうと思って父親に預けたわけだから、いくらか裏切られた気分だったのではないだろうか。父を引き取ったのは岩吉さんという、茂平治さんの長兄である。岩吉さんは最初の奥さんと別れ、再婚した松恵さんとのあいだには子どもがなかった。松恵さんも再婚だったらしいが、岩吉さんと前妻とのあいだに生まれた息子は十五、六歳という難しい年ごろ。別れた実母が健在だったせいか、後妻の松恵さんには懐かない。再婚相手の岩吉さんは、かなり年上だったというし、松恵さんとしては寂しい立場にあったと言える。

そこへ幼い父が引き取られてきた。松恵さんは生き甲斐を得たかのように、幼い父に一心に愛情を注ぎ、その養育に没入する。「真綿でくるむようにして育てた」という親戚の者の証言も残っているくらい、大切にされたらしい。父も松恵さんを実母のように慕って成長していく。その間、ヨシさんは娘を連れて延岡に戻り、いつか父を引き取ろうと懸命に働いた。生活も少し楽になってきたので、父を延岡の中学に行かせることにして、片山家のほうとも話がついていたらしい。ところが小学校最後の遠足の朝、父は松恵さんが弁当を作りながら泣いているのを見た。理由を察した父は延岡行きを取り消し、宇和島商業へ進学することにした、と母は本人から聞いたことがあるそうだ。いい話だけれど、ちょっと出来過ぎている気もする。

松恵さんは最晩年の短い時期、市立図書館構内の借家で私たちと一緒に暮らしていた。私が小学校に上がってすぐに亡くなっているから、おぼろげな記憶しかないが、私にとっていちばん身近に感じる祖母は松恵さんである。「きいき（病気）のばあちゃん」と呼んでいたのは、私が物心ついたころには、すでに病気がちだったからだろう。松恵さんは私の家で亡くなった。夜だった。狭い家に大人たちが集まって、いつもと違う雰囲気で話しているのを、子どもは夢の一場面のように記憶にとどめた。

不思議なことに、父が生前に出した二冊の歌集のなかには、松恵さんのことを詠んだ歌が一首も見当たらない。実母以上に細やかな愛情を注いでもらったはずなのに。そのことには母も首をかしげている。亡くなるまで松恵さんの世話をし、父と養母の親密な間柄を知っている母が奇異に思うくらいだから、やはりヘンなのだろう。

そういえばヨシさんの手記にも、再婚して長く連れ添った相手のことはほとんど出てこない。これも不思議である。不義理を重ねた茂平治さんのことは、恨みつらみを含めて、いくらか未練がましく書かれているのに。何よりも基調となっているのは、過ぎ去った遠い昔の日、幼い子どもたちと一緒に暮らせなかった悲哀であり、自分の手で子どもたちを幸せにできなかった後悔である。父が遺した歌にも、それと響き合うものがある。

　年老いし母の送り賜ひしこの新茶香にたてば遠き母も偲ばゆ
　老母は泪拭きつつ語りつぐ幼き吾と別れし昔を

逢ふたびに一期一会の思はるる老い給ふ母に別れがたくて

うん、やっぱり文学的感興という点では、母ヨシさんの手記に遠く及ばない。詠み手の心情は尊重したいと思うけれど、ほとんど紋切り型と言っていいほど言葉がありきたりだ。自分の気持ちを彫琢していないという印象を受ける。たとえば自身の癌を題材にした歌ほどの切実さは感じられない。こういう歌を見ると、若いころの父が「千曲川旅情の歌」を愛誦したというのが、なんとなくわかる気がする。

ところでカムチャツカに蟹を取りにいった茂平治さんはどうなったのだろう。さすがにヨシさんの手記も、大阪で「捨てられた」あとの茂平治さんの消息は伝えていない。むべなるかな。父はほとんど何も書き残しておらず、わずかに歌集のあとがきに、復員後「父の畑を手伝った」という記述が見られるくらいだ。すると敗戦直後には、郷里に舞い戻っていたのだろうか。

父が集めた資料のなかに、それを裏付けるものが紛れこんでいた。前にも少し触れた、茂平治さんを戸主とする戸籍謄本である。最初の記載は大正九年（一九二〇年）、ヨシさんとの婚姻届だ。つづいて昭和五年（一九三〇年）にヨシさんから離婚届が出されている。さらに昭和十八年（一九四三年）、本人より宇和島市に分家届が出されており、このときに父は姉とともに、茂平治さんの長男として入籍している。それまで茂平治さんは、兄岩吉さんの戸籍に弟として登録されていた。茂平治さんを戸主とする戸籍はこれ一枚だけである。最後の記載は茂平治さんの死亡届で、昭和二十五年（一九五〇年）に甥の武雄さん（岩吉さんの長男）から提出されている。

以下は、母が父から聞いたという話。郷里に戻ってからの茂平治さんは、何をするわけでもなくぶらぶらしていたようで、まわりの人が働いているのに昼間から銭湯に行ったりして、父は恥ずかしい思いをしたそうだ。なんでも気前よく大量に買ってくることが好きな人で、あるときは豚を一頭買ってきたこともあった。もちろん、みんなで食べようと思ったのだろう。それにしても……。

茂平治さんの死因については、はっきりしたことがわからない。行商か何かをしていて倒れ、二十日間ほど意識がなかったらしい。親戚の者の助言で、兄弟たちが祈祷師を呼んで祈祷してもらったところ、一時的に意識が戻った。亡くなる数日前に、息子である父に向かって、「二千円くれ、沖縄へ行ってひと儲けしてくる」と言ったそうだから、懲りないというかなんというか、あいかわらずの茂平治さんである。その二千円は、亡くなったとき布団の下に敷いたままになっていたという。

生前の父は、私に自分の父親について話すことがほとんどなかった。数少ない言及の一つは、「おじいちゃん（茂平治さんのこと）が生きとったら、恭ちゃんのことを可愛がってくれたやろうね」というものだ。そこには「面白い人だったぞ」というニュアンスが感じられた。たしかに面白い人ではあったのだろう。幼い子どもは、会ったこともない祖父の不在を残念に思ったものだ。

夕暮れて一人迎へ火焚き居れば炎の中に亡き父の見ゆ

23

平成十四年（二〇〇二年）、喜寿を迎えた父は二冊目の歌集を出す。平成八年（一九九六年）から同十四年までの歌、七百首ほどを収めている。『一畝』と題された、この歌集を読み返してみて感じるのは、寂しい歌が多いということだ。もう少し具体的に言えば、老いによる心身の衰えを嘆く歌、迫りくる死を恐れる歌が多い。このあたりが七十代を迎えた父の心象風景だったのだろうか。

老いさびてやうやう抱きしこの寿福余命を思ふ大寒の夜
春冷ゆる入り陽に対《むか》ひ体調の優れぬわれの果つる日思ふ
老い病めば五月の空も悲しかり終日生死を思ひ患ふ
遺言を認むあひだ幸せな日々の事のみ思ひ出されぬ
吾が骨は小壺の中に閉ざされむ不用な男は消えてゆかむか

読んでいて情けなくなってくる。「しっかりしろ」と言いたくなる。気持ちはわかるけれど、こういう歌なら惰性で何首でもつくれるのではないか。自己憐憫に傾いているところも、私としては諒としたくない。つまらないではないか、老いや死がそれだけのものなら。

養母に「真綿にくるむようにして育て」られたという父の、人間的な弱さかもしれない。たしかにやさしく、素直で、感受性の豊かな人だったが、同時に、父にはひ弱で依存的なところもあった。それは私のなかにもある。確実にある。だから小説を書いたり、遅々として進まないことを考えたりしているのである。書くことも考えることも「経験」だ。自分を変えるために書くのである。自分が変わらないようなことを考えてもしょうがない。言うは易し……はわかっているけれど。

もちろん、そんなことは父には関係ない。父には父の人生があり、その人生を生きることは、誰にとってもはじめての体験であり、不得手なものであると言っていい。いくら立派なことを書いたり考えたりしたところで、生きることの不如意さが軽減されるわけではない。しかし不得手であることは、無力で無策であることとは違う。不得手なりに、しぶとく生きることはできるのではないだろうか。老いや死という不如意な事柄を、別の仕方で経験することはできるのではないだろうか。いまの自分とは別の人間になることはできるのではないだろうか。幾つになっても、新しい自分を発明し、生産することは可能なのではないか。私が考えたいのは、そういうことだ。

少し時間を巻き戻してみる。父は昭和六十一年（一九八六年）に、三十五年勤めた市役所を退職している。そのときの歌。

制服も市章もさらりと脱ぎ捨てていよいよ軽し春の微風

市役所での最終ポストは商工観光課長。その縁だろう、退職後は時をおかずして、市の外郭団体である宇和島観光闘牛協会というところへ再就職している。年金は支給されるし、こづかいも入ってくる。父は家の近所に畑を買ったり、さつきや菊を育てるための園芸用品を揃えたりして、退職後の人生設計をはじめる。私たちから見ればガラクタに過ぎない骨董品の類を、無暗に買い集めていたのも、この時期だ。すでに私は結婚して子どもがいたし、数年後には妹のところにも子どもが生まれる。私は福岡で妹は神奈川だが、年に何回かの行き来はあった。孫たちとの交流は、父にとって大きな喜びであったろう。

一方で、重度の認知症で長く入院していた義母（正子さん）が平成五年（一九九三年）に亡くなり、同じ年に実母のヨシさんも九十四歳の高齢で亡くなっている。この年を挟んで前後の数年間、なぜか父は歌をつくっていない。歌集には「この間、故ありて歌筆を置く」とあるが、これでは何もわからない。いずれにしても、父は斎藤茂吉のような絶唱は残さなかった。

父の作歌は、古稀を迎えた平成七年（一九九五年）から再びはじまっており、それらの歌には無常や厭世の色が濃い。とくに理由は思い当たらない。年齢的なものだったのかもしれない。歳をとることは、かぎりない退歩の連続だ。前進ということはありえない。一歩進んだように見えても、つぎは二歩も三歩も下がっている。ゆるやかな、あるいは急激な退歩の連続。老いに勝負を挑むのは馬鹿げている。けっして打ち負かしたり、出し抜いたりすることはできない。最初から人間の側が負けを宣告されている。

それでも私たちは、自らの老いと闘わなければならない。妥協と譲歩と断念を内容としたものであれ、それは闘いだ。しかも勝ち目のない闘いを闘っているのは、すでに体力的に衰え、様々な障害を抱えた年寄りなのだ。気弱になって当然かもしれない。厭世的にもなるだろう。私は老人性の軽い鬱ではないかと思い、それとなく母に診察を勧めたが、受診はしなかったようだ。気弱で悲観的なトーンは、以後、父の人生の通奏低音になる。

24

父が生涯に身体的に失ったものは、歯や髪の毛を別にすると、盲腸と胃の大半、それに膝から下の右足だ。この右足の切断のことは、いまだに悔やまれる。三ヵ月後には死を迎える者の足を切断するなんて。そんな目に父を遭わせたくなかった。あれは余分だった。普段から父を診ていた医者がもう少し有能であれば、私たちがもう少し注意深ければ、下肢切断という事態は避けることができたのではないか。

何ヵ月も前から、父は右足の親指を痛がっていた。たしかに指の腹が、わずかに紅く化膿したようになっていた。あとから考えると、あれは足の血管が詰まりはじめている兆候だったのではないだろうか。その兆候に気づいて、早い段階で手を打っておけば、切断という事態は避けられたはずだ。せめて順番が逆だったら。つまり急性の動脈血栓塞栓が、肺癌が発見されたあとに、父が緩和病棟に移ったあとに起こってくれていたら、そうすれば切断に至る前に父の命は尽きていただろう。

いまでも私は、ときどき父の切断された足のことを考える。数奇な運命をたどることになった右足。あの足は、どうなったのだろう。足の埋葬費用として、私たちは七千円を支払った。領収書ももらったはずだが、探したけれど見つからない。医療費の控除対象にはならないと思い、捨ててしまったのかもしれない。火葬されたのなら、遺骨（?）は家族に返却されるべきではないだろうか。ひょっとして医療廃棄物として処分されたのでは……まさかね。きっと所定の業者が引き取って埋葬してくれたのだろう。

あのときの私たちは、足の行方まで考えている余裕はなかった。手術のことで頭がいっぱいだったし、その後は父の精神状態も心配だった。身体の一部を切断されるというのは、どんな気持ちだろう。もちろんショックだったはずだ。この受け入れがたいことにたいして、父が示した反応は、やはり父らしいものだった。

父は手術のことにも下肢切断のことにも、一言も触れようとしなかった。包帯を巻かれた足、膝下からなくなっている右足を、見ようともしなかった。ただ終日、沈んだ面持ちでベッドに横たわっていた。まるで魂を抜きとられた人間のようだった。ほとんど喋らず、医師や看護師が病室に入ってくると、いくらか怯えたような目を向ける。この状態がいつまでつづくのかわからなかった。

私は常々、どんな病気にも意味があると思っている。人が鬱病になるのは、活性のレベルを下げることで、耐えがたい状況をやり過ごそうとするからだ。おそらく父も父なりのやり方で、困難な状況を受け入れようとしていたのだろう。自分に降りかかった試練を認識しようとせずに、それから目を逸らすというのは、立派とは言えないかもしれないが、私には深く訴えてくるものがあった。

この耐えがたい状況に直面しているのは、若者でも壮年でもない。数ヵ月後には八十七歳の誕生日を迎える老人なのだ。彼はベッドの上から動くこともできず、小さな気晴らしさえ与えられていない。他にどうすることができただろう。自分の殻に閉じこもり、じっと時間が過ぎるのを待つ以外に。パニックを起こすこともなく、自らを憐れむこともなく、家族の者に怒りをぶつけることもなく。

人間の心には、かなりの弾力性や復元力が備わっている。原因さえ取り除いてやれば、時間をかけてゆっくり回復していくことができる。父の場合も二週間ほどで、会話も表情もほぼもとの状態に戻った。しかし身体的な機能は、心ほど柔軟でも可逆的でもないらしい。多くの器官は消耗品であり、耐用年数がある。品質保証期間はとっくに過ぎている。そもそも設計の時点で、八十年以上の使用年数が想定されていたのかどうか。しかも長年に及ぶ飲酒と喫煙の習慣によって、あちこちで劣化は進んでいたはずだ。それが下肢切断手術によって一気に表面化してきた。手術によるストレスも、父の身体に大きなダメージを与えただろう。

壮年期には、毎日五キロも十キロも走って身体を鍛えていた人だ。健康法にも、人一倍気を配ってきた。だがこの手術で、父は最後の貯金を使い果たしたように見えた。以後、父の全身状態は連動して急速に下降の一途をたどる。まず騙し騙しやってきた口からの食事が、ほとんど不可能になった。何を与えても肺に入ってしまう。肺の炎症を軽減するためには、完全な絶飲食しか方法がなくなった。こうして十月のはじめに、私たちは中心静脈栄養（ＩＶＨ）に踏み切った。

十一月二十五日は父の八十七回目の誕生日だった。ＩＶＨを挿入してから、一ヵ月半が経っていた。せっかくの誕生日なのに、何も食べさせることができない。私たちはベッドの上で少しだけ酒を飲ませ、みんなで写真を撮って誕生日を祝うことにした。絶飲食の指示が出てからも、私と母は病院側に内緒で少量のゼリーや蜂蜜などを食べさせていた。しかし嚥下機能が完全に麻痺しているため、口から入ったものは食道の方へ行かずに、気管のなかで滞留してしまう。それが吸引の際に発見され、私たちは何度か厳重な注意を受けていた。

「今日は看護師さんの許可をもらっているからね。上手にゴックンするんだよ」

私は小さな盃を父の唇にあてがった。

「ほら、ゴックン」

手の指を軽く添えているけれど、咽喉仏が動いた様子はない。

「もう一杯くれや」

「お父さん、ちゃんと呑み込まないとだめだよ」

「もう一杯、くれや」

私は再び盃をあてがった。酒は間違いなく父の口に入っている。唇からこぼれている様子はない。間違いは父のなかで、咽頭か喉頭のあたりで起こっているのだ。

「どこに入っているんだろう」

行き先不明の酒を、父は美味そうに何口か飲んだ。

「今日はこれくらいにしておこう。また、ときどき飲ませてあげるからね」

学生時代、私は論文を書くためにメルロ・ポンティを読んだ。『知覚の現象学』などの著作に、「幻影肢」という言葉が出てくる。いまは「幻肢」や「幻肢痛」という言い方をするのかもしれない。要するに、なくなっている手足が残っているような感覚のことだ。父の場合も、これが見られた。切断された足が痒いと訴えるたびに、私は何も言わず、残っている右膝のあたりをマッサージした。

入れ歯を外しているため、口のまわりが落ちくぼんで、餓死に向かいつつある人間のような印象を与えた。痛みや苦しんでいる様子はなかったが、自分がこんな状態になったことに当惑しているように見えた。父が不安がっているのか、迫り来る死を恐れているのかどうか、私にはわからなかった。ただ帰るときは、かならず「ありがとう」と礼を言った。そのたびに私は切ない気持ちになった。

安楽な年齢というのはありえない。幾つになっても困難はつぎつぎに立ち現れる。これまでも父は少なからぬ困難に直面し、それなりに乗り越えてきたはずだった。戦争と入隊、戦後の混乱、夫婦仲の危機もあっただろう。仕事上のトラブルや人間関係、保証人になって借金をつくったこともある。胃癌の告知と手術。その他にも、私の知らないことはたくさんあったはずだ。本人にしかわからない苦しみや悲しみ、人知れず耐えてきたこと……。それなのに、いまなお甚大な困難が父に降りかかっていた。これで終わりということはないのだ。人間が生きているかぎり。

そして父は生きていた。終わりのない困難とともに。十二月十一日は火曜日だった。午前中、私はいつものように家で仕事をしていた。そろそろ切り上げようと思っていると、電話が鳴った。父が入院している病院からだった。容体が急変したので、すぐに来てくれという。前の晩は、とくに変わった様子はなかった。肩と背中のマッサージをして、「また明日ね」と声をかけて部屋を出るときには、例によってベッドの上から、「ありがとう」と言葉を返した。

病院へ駆けつけると、酸素マスクをつけた父は、いかにも苦しそうに息をしていた。一晩のあいだに、何が起こったのかわからなかった。しばらくして医師から説明があった。午前中に撮ったというレントゲン写真を見せられた。右肺が真っ白になっているが、一見それは、これまでに何度も目にしてきた肺炎の症状と同じに見えた。肺からの出血が疑われる、と医師は言った。ここでは詳しい検査ができないので、呼吸器科に転院する必要がある。いま、その手配をしているということだった。

ほどなく受け入れ先が見つかった。病院側が救急車を手配してくれた。私は自分の車で救急車のあとを追いかけた。転院先の病院は街の真ん中にあった。まわりにはオフィス・ビルやデパートが建ち並んでいる。地下の駐車場に車を入れて一階へ上がって行くと、救急車に同乗してきた母が受付のところで待っていた。救急救命室に入った父は、いま診察と治療を受けているところだという。

一時間ほどして担当の医師から説明があった。パソコンのディスプレイには、造影剤を入れて撮ったCT画像が映し出されている。医師はマウスを操作して、輪切りにした胸部の映像を何枚もスライドさせていく。いちばんわかりやすいものを選んでいるらしかった。

「ここに癌があります」医師は事もなげに言った。「ほとんど塞がっていて、肺に空気が入っていかない状態になっています」

医師は手元の用紙に簡単な図を描いて説明をつづけた。それによると、右肺の肺門というところに癌ができて、空気の入口を塞いでいるということだった。そのため右肺に空気が入っていかない状態になっている。確定診断をつけるためには、さらに検査をする必要があるが、ほぼ百パーセント、癌に間違いない。

それが何を意味しているのか、私にはよくわからなかった。もちろん医師の説明は理解できる。この上なく明快に、彼は父が肺癌だと言っているのだ。いつのまにか悪性の腫瘍が鍾乳石のように成長し、右肺の肺門という空洞部を塞いでしまった。そのため右上葉が無気肺になっている。私にわからなかったのは、ここに来て父に「肺癌」という診断が下されることの意味だった。父は肺癌である。なるほど。だからどうした？

癌であろうがなんであろうが、新たな病気の診断にはなんの意味もない気がした。遅かれ早かれ父は死ぬのだ。明日にも死刑が執行されようかという男に、末期の癌が見つかったようなものではないか。問題は、この状態から一時的にでも父が回復しうるかどうかだった。そしてあとどのくらい生きられるかということだった。母にしても、父がこの先何年も生きるとは思っていないだろう。半年、いや、せいぜい数ヵ月といったところか。私のほうは、それで手を打つつもりになっていた。

私が望んでいるのは、延命というよりは執行猶予だった。神様、この男は八十七年間、少なくとも私の知るかぎり、あまり人に迷惑をかけることもなく、真面目に誠実に生きてきました。私にとっては良き父、まずは申し分のない父親でした。この半年は苦難の連続でした。父も私たちも、ほとんど選択の余地のない選択を強いられつづけてきました。せめて最期の数ヵ月くらい、ゆっくりさせてやってください。できるだけ苦痛がなく、人間らしい時間を味わわせてやってください。そして私たちにも、この者を看取る時間を与えてください。

父は十一階の集中治療室に移されていた。広いフロアに、間隔をあけて幾つものベッドが置かれている。ベッドのまわりには監視モニターや点滴ライン、人工呼吸器などの機械類が並べてあった。部屋のなかを診察衣や看護衣を着たスタッフたちが、忙しそうに行き来している。部屋の中央にキャスター付きのテーブルが置いてあり、そこで私たちは立ったまま、簡単な看護計画の説明を受けた。計画書は項目ごとに何枚もあり、それぞれに署名と捺印をしていく。

ケアの内容は、安楽な体位の工夫、皮膚圧迫の回避、褥瘡《じょくそう》の危険因子のアセスメントといったものがほとんどで、右肺門部癌および右上葉無気肺という病名からすると、いかにも手ぬるい感じは否めない。

最後に入院に必要なものをチェックしていった。私たちは父の荷物を、前の病院から、そのまま幾つかの袋に入れて持ってきていた。部屋が狭いので、必要なものだけを残し、不用なものは持ち帰ることにした。看護師が読み上げていくリストのなかに入れ歯があった。

「入れ歯はお持ちですか」

いったい何を言っているんだ、この女は。自分がした質問の意味がわかっているのだろうか。父はもう何ヵ月も、口からものを食べていない。これから先も食べられる見込みはない。「入れ歯はお持ちですか」だって？　点滴や輸液だけで命をつないできた人間に向かって、なんという馬鹿げた質問だ。胃袋はとっくに退化しているだろう。歯茎だって縮んでしまっているに違いない。義歯にかんして、父はさんざん悩まされてきた。これまで口にぴたっと合ったためしがない。何度作り直しても同じだった。医学なんてお粗末なものじゃないか。iPS細胞によって再生医療への道がひらかれようとしているのに、ついに人間は、この男のために満足な義歯ひとつ作れなかったというわけだ。

看護計画の説明が終わってから、父の様子を見にいった。意識はしっかりしている。呼吸の状態も、いくらか改善されているみたいだった。

「もう大丈夫だから」と私は言った。

父は弱々しく頷いた。虚ろな目は、心なしか不安そうだ。

「ここは美空ひばりも入院していた病院だからね」

そんなことが励ましになるのかどうかわからなかったが、他に言うことを思いつかなかった。もう二十年以上も前のことだ。たしか肝硬変か何かで、あの国民的歌手は、なぜか福岡のこの病院に入院していた。当時、私は近くで学習塾をやっていたため、毎日のように病院の前を通っていた。いつ通っても、カメラをぶら下げたマスコミ関係らしい男たちが待機していた。すでに私は小説を書きはじめていた。新人賞を一つもらったけれど、あいかわらず原稿は売れず、本も出ず、このままでいいんだろうか、この先、勝算はあるんだろうか、と不安と煩悶の日々だった。そして父は口には出さないけれど、人一倍、息子の行く末を案じていた。

別室でソーシャルワーカーとの面接があった。病院の性格上、応急措置が終われば、できるだけ速やかに転院しなければならない。治療不可能な肺癌という診断がついたことで、ホスピスまたは緩和ケア病棟のある病院への転院が可能になる、と若い女性のソーシャルワーカーは言った。本人には病状を伏せておくつもりだった。治療が不可能なら、知らせる必要はない。しかし頭ははっきりしているから、自分がどんなところに入院しているかはわかるだろう。私たちは「癌センター」や「ホスピス」と名のつくところは除外して、距離的に家族が通いやすいところを幾つかピックアップしてもらうことにした。

リストのなかに、数年前に父が大腿骨を骨折した折、お世話になったリハビリテーション病院が含まれていた。そこが緩和ケア病棟をもっているらしい。この病院のことなら、おおよその様子はわかっている。すぐに第一候補はきまった。念のために第三候補くらいまできめて、先方との調整をお願いした。

先の見通しがついたことで、私は少し気が楽になっていた。癌が治療不可能と診断されたことで、「治療」という選択肢は除外することができる。これからは「緩和」や「看取り」と呼ばれる過程がはじまるのだ。どのみち父が死ぬのを妨げることはできない。私たちにできるのは、父が苦しむのを妨げることだけだ。もう充分だった。これ以上、どんな苦痛も与えたくはなかった。

二日後に、私たちが転院を希望していたリハビリテーション病院で、ソーシャルワーカーと面談することになった。前に父が入院したときと同じ女性だった。お互いに事情はわかっているので、スムーズに話は進んだ。早ければ来週にも受け入れが可能だと言われる。一ヵ月くらい待たされるのが普通だと聞いていたので、迅速な対応はありがたかった。

さっそく六階の緩和ケア病棟を見せてもらうことになった。明るく、落ち着いていて、なかなかいい雰囲気だ。窓も廊下も広い。ベランダの向こうには、わずかに紅葉が残る山並みを望むことができる。多くを望まなければ、自分の親を看取る環境としては、理想的なものに思えた。ここで父が最期を迎えることができるのなら、家族としてもいくらか救われる気がする。

ここが終着点なのだ、と私は思った。この先はもうない。検査や手術を余儀なくされて、いろいろな病院に父を連れていくこともなくなる。そのたびに廊下や待合室で、長い待機の時間を過ごすこともなくなる。これからは父の死を待つことになる。その時間がどれくらいつづくのかわからない。できるだけ長くつづいてほしかったが、これればかりはなんとも言えない。人間と死の関係は永遠の謎だ。

私には土壇場になって見つかった肺癌が、父の生死に関与するとは思えなかった。これまで父を苦しめてきたのは癌ではなかった。嚥下機能の低下による誤嚥性の肺炎であり、下肢動脈血栓塞栓による右足の壊死であり、ＩＶＨの挿入に伴う絶飲食だった。肺癌は命取りにはならない。おそらく体力の低下によって肺炎から立ち直れなくなったときが、父の最期だろう、と私はこの先の見通しを立てた。

しかし母には別の思いがあったようだ。

「何回もベッドを上げてくれ言いさるんよ」母は遠い口ぶりで言葉を手繰った。「ベッドの背を起こすと、違うって。そうやない、ベッドを上げるいうて……どういうことって訊いても、ただベッドを上げろと、同じことを繰り返すばっかりで。こっちは意味がわからずに、おかしなことを言うと思うて、まともに取り合わんかったけど、あれは身体がきつかったんと違うかねえ。あんなに大きな癌ができていたんなら、身体中が辛うて、身の置きどころがなかったのかもしれんねえ。それがわかっていたら、身体をさすってあげるなりなんなりしたのに、あのときは少し呆けているんやないかと思うて、まともに取り合わんかったけん。可哀そうなことをしたねえ」

「でもまあ、癌が見つかったおかげで緩和ケアを受けられるんだから、運が良かったと言うべきじゃないかな」

「そうかねえ」母は煮え切らない返事をした。

「八十七歳の老人に、癌治療なんて無理だよ。でも幸い、治療不可能っていうんだから、こっちも迷う必要はない」

私は父の生命力と悪運の強さを信じていた。過信していたと言えるかもしれない。これまでもそうであったように、きっと立ち直ってくれるはずだ。少なくとも、これで終わりというこ とはないだろう。現に父は、一時的に持ち直したように見えた。これといった治療は受けていない。せいぜい薬剤と酸素を投与されたくらいなのに、翌日には見違えるほど元気になった。まだしばらくは大丈夫だと思った。

リハビリテーション病院の緩和病棟へ転院したのは十二月十九日だった。容体は安定している。病室の窓から、遠くの山並みを望むことができた。いまはわずかに紅葉が残っているだけだが、来年の春には桜が山肌を覆うだろう。もう一度、父に桜を見せたかった。それまでここでゆっくり過ごしてもらおう。大腿骨を骨折してから四年余りは、施設での生活が主で、父は心から寛げる時間をもつことができなかった。この半年ほどは、過酷な試練の連続だった。せめて最期は治療のことを考えずに、患者としてではなく、人間として過ごしてもらいたかった。そのような時間を、私は父とともにもちたいと思った。

ささやかな願いは、あっけなく打ち砕かれた。転院した翌日、病院から電話があった。父の容体が悪いので、すぐに来てくれという。やりかけの仕事をそのままにして駆けつけると、私は自分の目を疑った。昨日はあれほど元気そうだったのに、いまの父は、どう見ても危篤状態だ。ほとんど意識がなく、酸素吸入を受けながら、いまにも途絶えそうな息をしている。どうして一夜のうちに、こんな状態になったのだろう。医者にも看護師にも、はっきりした原因はわからないようだった。ただ父の全身状態から考えて、予想される事態ではあったのか、それほど慌てている様子はない。

私からすれば、闇討ちにあったようなものだった。あんまりだ。「話が違うじゃないか」と言い募りたくなるが、誰に向かって言い募ればいいのかわからない。あるいは何に向かって？いずれにしても聞き入れる相手でないことはわかっている。しばらくしてやって来た母も、父の現状に驚いた様子だったが、取り乱すことはなかった。

「泊まってあげたらよかったねえ」母は悔やむように言った。「昨日は珍しく、帰ろうとすると機嫌が悪くなってねえ。心細かったんやろうねえ。看護婦さんに安定剤を出してもろうて帰ったんやけど」

「きっとそれだよ」私は母の言葉をとらえて言った。「安定剤が効き過ぎちゃったんだ」

「そうかねえ」

「これまでにも、こういうことはあったじゃない」私は湖面に落ちた木の葉を餌だと思って喰いつく魚みたいなものだった。「そのたびに心配したけど、翌日にはけろっと元気になっている。今度もそうなるよ」

「だといいけどね」

翌日になっても、父の状態は改善されなかった。むしろ悪化している。明らかに様子が違った。これまで父は、一日しか私たちを心配させなかった。たしかに何度か同じようなことはあったが、かならず翌日には立ち直った。これが一時的なものなら、すでに元気になっていなければならない。ところが一日ごと、いや半日ごと、数時間ごとに、父の容体は急な階段を下るようにして悪くなっていく。

母と私は、交代で父に付き添うことにした。夜は母が一緒にいたいと言うので、朝から夕方まで、私がそばにいることにした。どう見ても望み薄だった。とても年は越せそうにない。新年までは、まだ十日ほどある。主治医からは数日単位で考えておくように言われていた。いまの父の状態を見れば、医者の見通しに異を唱える余地はなかった。いつ呼吸が止まってもおかしくない。呼気から吸気へ移行するまでの間隔が長くなっていた。息を吐いたまま、つぎに吸うことを忘れてしまったのではないかと思うくらい、無呼吸の状態がつづく。いよいよ苦しくなると、父は最後の力を振り絞り、全身を硬直させるようにして息を吸う。

耐えがたい苦しみだった。とても見ていられない。何をすべきか、何をすべきでないかの判断が難しいのは、人間の余命がわからないからだ。医者がどう言おうと、人間の余命にかんしては完全なブラックボックスだ。しかし父のいまの状態は、余命を考慮する段階ではなかった。一呼吸、一呼吸が断末魔の苦しみだった。こんな状態の父に、夜間、母を付き添わせることはできない。主治医からモルヒネを使うことの相談があったとき、私は苦しませないために、あらゆる手段をとってくれるようにたのんだ。十二月二十一日、金曜日のことだ。

土曜日には、父の状態はさらに悪くなった。持続的に皮下注入しているアンペックの量が増やされた。炎症をとるためにステロイドの投与もはじまった。利尿剤として入院時から使っているラシックス。私が把握している薬剤は以上の三種類だった。モルヒネの量が増えたせいか、父の意識はほとんどなくなった。ただ苦しそうな呼吸だけがつづいていた。ゼロゼロという胸の音もとれない。

この状態が、いつまでつづくのかわからない。いつまでもつづくことは耐えられない。しかしこれが終わることは、死を意味していた。死を願っているわけではない。それでも私には、時間だけが唯一の救いのように思えた。時間とともに状況も変わる。残念ながら良いほうへ変わることは望めない。だとすれば、私は何を望んでいることになるのだろう。何を望めばよかったのだろう。長くはつづかないこと、あと数日で終わることを前提にして、残り少なくなった父の生に、私は愛惜の念をおぼえていた。それは不正な闇の取引みたいなものだった。

日曜日は雨になった。雪になりそうな冷たい雨だった。ときおり窓の外で雨は激しさを増した。その日は思いついて、家からポータブルのプレイヤーと何枚かのCDを持ってきていた。ヴィヴァルディのチェロ・ソナタ、ジョスカン・デ・プレの声楽曲、ブラームスの間奏曲……とくに父が好んでいたわけではない。ただ私の気持ちが落ち着きそうなものを選んだ。父に付き添うようになってから、私はベッドの傍らでボーヴォワールの『別れの儀式』を読んでいた。二段組みで五百ページ以上ある大部のものだが、まもなく読み終えそうだった。それは不吉なことに思えた。

私は本を閉じ、父の様子を見ていた。父は肋骨の浮いた胸を大きく上下させ、間遠な呼吸を繰り返している。もはや呼びかけても応えることはなく、開きっぱなしの瞳はほとんど動かない。止まりかける呼吸を維持することが、この肉体にとっては精一杯なのだ。父は死のうとしていた。そのことに自分が慣れはじめているのを感じた。クリスマスが近いというのに、病室も病棟も静かだった。ここは死を待つ人たちの場所なのだ、とあらためて思った。苦しげな呼吸と、ゼロゼロという胸の音、それに吸引用の酸素が蒸留水のなかでたてる泡の音だけが、いつ果てるともなく部屋のなかを彷徨っていた。

「この上、いったい何を奪おうというのか」私は父のなかで得々と任務を遂行しているらしいものに向かって言った。「やせ細った無力な老人から、おまえは何を奪うつもりなのか。少なくとも生物学的に、おまえが父から奪えるものは、ごくわずかしかない。すでに略奪された家に、もう一度泥棒に入るようなものではないか」

たしかに、死が父から奪えるものは何もなかった。仮に死が生物学的な、あるいは物質的な過程であるなら、死が父から奪えるものはほとんどなかった。長期間にわたる絶食のために痩せ衰え、その生命の灯は、いまにも消えようとしている。この無力な肉体のなかには、生物学的にも物質的にも、価値のあるものは残っていなかった。それにくらべて、私はなおすべてを手にしている。何も失っていない。なぜなら私は、この状態の父に、私以外の者から見ればまったく役立たずの肉体に、絶対的な価値を見出すからだ。ひょっとして私は、死を出し抜いたのかもしれない。父と力を合わせて、死を無力で取るに足りないものにしたのかもしれない。そうではないだろうか?

少なくとも私は、この存在するだけの肉体に絶対的な価値を見出すのだった。そのような者で自分はあるという事実が、止まりそうになる父の呼吸を見つめながら、ひときわ強く胸に迫ってきた。私はこの者を、無条件に承認する。ただ存在しているという理由だけで。おそらく私が生まれたとき、父がそうしてくれたであろうように。あたかも五十数年の歳月を経て、私たちは役割を交換したかのようだった。父の死によって死ぬのは、私かもしれない。息子としての私が死ぬのであり、父は誕生しようとしている。何か新たなものとして。

25

死とはなんだろう。自分の親が死ぬことは、どういった事態を意味するのだろう。私たちは大切なものにたいして、しばしば「かけがえのない」という言い方をする。おそらく人間だけが、この言葉の意味を知っている。「かけがえのない」というかたちで、けっして相対化できないもの、絶対に還元不可能なものを知っている。この世界に帰属していながら、この世界には帰属していないもの。そうとしか言いようがないもの。

死は虚無であると言われる。だがそれで、いったい何を言ったことになるのだろう。虚無とは、この世界において無になることである。しかし「かけがえのない」ものは、もともとこの世界には帰属していない。したがって死が虚無であるかぎり、死は「かけがえのない」ものを奪うことはできない。死の虚無化によって、生物学的に破壊され、物質的に消滅するのは、この世界に帰属しているものだけだ。

この世界に帰属している私たちが、この世界に帰属しているもののなかに、まさに「かけがえのない」という、この世界に帰属しないものを見出す。私が死の直前の父のなかに見出したのは、そのようなものだった。だから私は、父の死に同意することができる。私は父との関係のなかに、死の虚無化によって奪われることのないものを見出すことによって、父の死に同意することができるのだ。

父が亡くなったのは十二月二十四日の朝だ。郵便受けに新聞を取りに行き、玄関を入ったところで携帯が鳴った。母からだった。すぐに支度をして車で家を出たが、病院へ向かう途中で父は息を引き取った。私が着いたとき、父の身体はまだ温かく、息をしていないことを除けば眠っているときと変わらなかった。医師による死亡確認は午前八時二分だった。

最期の朝のことに、母は繰り返し言葉を向けた。その別れは、いくらか不本意なものだったようだ。

「まさかあんなに早く逝ってしまうとは思わんかったけんねえ」母は淡白な口調に軽い悔恨を滲ませた。「やって来た看護婦さんがお父さんの脈をとって、これはいけん言うて慌てて部屋を出て行くまで、そんなに具合が悪いとは思わんかったから。だから呑気に部屋のカーテンを開けて、テレビをつけて……」

「まあ、苦しまなかったんだから良かったじゃない」私は宥めるように言った。「そばにいたお母さんも気がつかないくらい、静かに息を引き取ったってことだろう」

「そうやけどね」

納得したわけではなさそうだった。人の死で納得できることなどない。私は父の死に目に会えなかったことを、それほど悔やんではいない。死がドラマである必要は、まったくない。死んでいく者からすれば、苦痛なく、消えるように逝くのが最善なのだ。

父が亡くなり、父と過ごした最後の数年間のことを振り返ると、あらためて自分が長い時間をかけて、少しずつ父を失ってきたことに気づく。そのことを私は折節に感じていた。とくに父が目に見えて衰えてきた、この数年間は。若くて元気だった父を失っていくのは、悲しく切ない体験だった。幼児化していく父を見るのは、辛いことでもあった。しかし幼児化してくれたことで、私は父のすべてを受け入れることができたのかもしれない。寂しい思いをしながら、ときに腹を立てながら。

カルテ上、父の死因は「肺癌」だが、癌による痛みはなかったと思う。父は自分が癌であることを知らなかった。かつてあれほど恐れていた病気に、最後の最後にとらわれたことを知らなかったはずだ。十二月の寒い日の朝に、父は鳥のように去っていった。日ごとに深くなる静けさが、私のなかに残されている。

了

あとがき

すでに書いたように、父はクリスマス・イブの朝に亡くなった。灰色の雲が低く空を覆った寒い日で、いまにも雪が降り出しそうな天気だった。父の具合も悪かったから、クリスマスは簡単に済ますつもりでいた。それでもチキンとケーキくらいは手配し、就職して大阪にいる長男も帰ってくることだからと、ワインも何本か買い込んでいた。そんなイブの計画は流れ、私たちは慌ただしく通夜の段取りに追われることになった。

翌日の葬儀では、斎場でモーツァルトの『クラリネット協奏曲』を流してもらった。パイヤール室内管弦楽団による古い演奏で、クラリネットはジャック・ランスロ。父自身はクラシックには興味がなかったから、まったく私の自己満足である。亡くなる二ヵ月前に完成されたと言われている、モーツァルトの最後の協奏曲だ。とりわけ美しい第二楽章のアダージョは、さながら白鳥の歌の趣がある。

このディスクには思い出がある。次男が保育園を卒園するとき、たまたま私は父母の会の役員をしていた。それで謝恩会のBGMに、やはり同じ曲の第二楽章を使った。慶弔いずれにも似合ってしまうところが、モーツァルトの音楽の得難い特長である。喜怒哀楽を突き抜けた、人が生きることの根源的な寂しさみたいなものがあらわれている気がする。次男が保育園を卒園したのは、もう二十年以上も前のことだ。そんな昔のことをふと思い出して、葬儀の朝、私はラックからディスクを取り出したのだった。

この本を書き上げてから、ようやく父の遺骨を墓に収めた。八月の盆を過ぎてからのことだ。それまで遺骨は、母が暮すマンションに安置されていた。週に何度か顔を出して、チーンと鉦を鳴らしながら掌を合わせるたびに、何気なく目にしていたので、なくなると寂しい気もする。

文中でも触れたように、父の両親は父が幼いときに離婚している。このため父は実質的に血のつながっていない伯母の手で育てられた。実父の茂平治さんが亡くなったときは、父も一緒にいたようだが、茂平治さんは別れた妻のヨシさんと二度と会うことはなかった。その後、ヨシさんは郷里の延岡で再婚し、亡くなるまで彼の地を離れなかった。遺骨は伯母（父の姉）たちの世話で、延岡市内のお寺に納められた。

一方、茂平治さんの遺骨は海を隔てた四国は宇和島にある。若いころの父が熱心に通っていた禅寺の老師が、お寺の墓地を格安で譲ってくれたのだそうだ。土地は買ったものの、墓までは手がまわらなかったとみえて、私の幼いころの記憶によると、茂平治さんのお墓は卒塔婆だけの粗末なものだった。それでお墓参りのたびに、「やっぱりうちは貧乏なんだ」と少し寂しい気持ちになった。なるほど抹香石を採石するための山を買ったり、他人の保証人になって借金をつくったりしていては、墓を建てる余裕などなかったわけだ。それでもなんとか工面したのだろう、私が高校生のころには立派な墓が建っていた。

　父が亡くなってから、母と私は折に触れて、父の両親の遺骨を一つにまとめてはどうだろう、という相談をするようになった。母は口には出さなかったけれど、せめてお墓くらいは実の両親と一緒にしてあげたい、という気持ちがあったのではないかと思う。そのことで母の気持ちが慰められるのなら、このプロジェクト、なんとか実現させたいものだと思った。幸い、宮崎の伯母も了承してくれたので、私と母は父の遺骨とともに車で延岡へ赴き、ヨシさんの遺骨を預かってきた。その足で臼杵からフェリーに乗って八幡浜へ渡り、宇和島まで車を飛ばして、金剛山は大隆寺の若い住持にお願いし、二体の遺骨を無事に墓へ納めたときには、私も母もくたびれた（落語の『黄金餅』にこんなくだりがあったなあ）。

　そんなわけで、いま父の遺骨は実の両親の遺骨とともに宇和島にある。これが最善と、母も私も考えたわけだが、墓のなかは大変なことになっているかもしれない。茂平治さんはともかく、ヨシさんは腹の虫がおさまらないだろう。恩讐の彼方などといったひ弱な観念は、彼女のなかにはありそうにない。おそらく燃え盛る情念を、墓のなかでもぶつけているはずだ。茂平治さんは「プイッ」といなくなるわけにもいかず、ひたすら困っているのではないか。そんな両親を、父はオロオロしながら見守っているだろうか。

　生きている人間との関係には、「いま」という時制しかない。いま目の前にいる、現在進行形の彼や彼女がすべてである。だから好きで一緒になった者たちが、憎しみ合うことをどうすることもできない。生前の父との関係も、そのようなものだった。憎んだことこそないが、目の前の父に反発したり、その蒙昧さを疎んじたり、どうしようもない俗悪さに手を焼いたりしていた。そうやって私は自分の場所をつくろうとしていたのである。もちろん根底には、親子のつながりや親密さ、ゆるぎない愛情みたいなものがあった。だからこそ、私は安心して反発したり、疎んじたり、手を焼いたりしていたのだろう。

父が亡くなって、実年齢ではない若いころの父、壮年で元気だったころの父が甦ってきた。それまでは目の前の父がスクリーンになって、過去の父を思い出せなくしていたのだ。予断を許さない現実としての父が退場することによって、背後に隠れていた様々な年代の父があらわれてきた。ここで一つの疑問が浮かぶ。死者はいったい何歳なのだろう？　何歳の父を、私は父のイメージとして保持すればいいのだろう？　すべて、ということになりそうだ。私の知っているすべての年代の父が、父という一人の死者のなかに包まれている。そうした多様な年齢の父を、私は追憶している。ときには対話を交わすこともある。これが死後の、父との関係ということになりそうだ。

この新しい関係を一言で言い表せば、「懐かしさ」ということになる。いまはただ、ただ懐かしい。若いころの溌剌とした父や、私が生まれる前の、私が知らない父ですら、懐かしい気がする。

父について書いたものを本にして、一周忌を機にゆかりの人たちに配ろうと思い立った。プライベートな内容だが、最初に原稿を読んでもらった文芸社の中村孝志さんのお勧めもあり、こうして出版することになった。ロマンチックな本のタイトルも、彼が考えてくれたものだ。私自身が付したタイトルは「父の肖像」という、味も素っ気もないものだった。企画編集の労をとっていただいたことと、あわせてお礼を申し上げたい。

古来、鳥は魂の運搬者と信じられていた。人の霊魂は鳥によってもたらされ、再び鳥になって去るという信仰は、東アジアの広い地域に残っている。とくに水辺に飛来する渡り鳥は、遠く霊界へ去った死者たちの魂が、時を定めて帰ってくるものと考えられていたらしい。タイトルにあらわれた「鳥」は、そのような鳥かもしれない。

（付記）「まえがき」と「12」の初出は、それぞれ以下の通り。
『すきっと』二十一号（二〇一三年六月）天理教道友社
『宇和島をゆく～新宇和島文化紀行』（二〇〇九年七月）アトラス出版

著者プロフィール

片山 恭一（かたやま きょういち）

1959年愛媛県生まれ。福岡市在住。

九州大学農学部を卒業後、1986年「気配」で文學界新人賞を受賞しデビュー。

主な作品に『きみの知らないところで世界は動く』『世界の中心で、愛をさけぶ』『静けさを残して鳥たちは』『愛について、なお語るべきこと』『死を見つめ、生をひらく』などがある。

その鳥は聖夜の前に

2013年10月30日　初版第１刷発行

著　者　片山 恭一
発行者　瓜谷 綱延
発行所　株式会社文芸社
〒160-0022　東京都新宿区新宿1－10－1
電話　03-5369-3060（編集）
03-5369-2299（販売）

印刷所　図書印刷株式会社

ISBN978-4-286-14454-2